Edith Schulze
Das Haus am Meer

Edith Schulze

Das Haus am Meer

Erzählung

NOT*schriften* - Verlag

Titelbild: Edith Schulze

Impressum:
1. Auflage 2004
© **NOT**schriften Verlag Radebeul
(Tel.: 0351/8386989   e-mail: info@notschriften.de)

Satz/Layout: Verlag
Druck/Bindung: sdz Dresden GmbH

ISBN 3 - 933753 - 71 - 6

1. Kapitel

Ein junger Maler, namens Andrè Ravèl, bewohnte mit seiner Frau Alice, hoch über den Dächern von Paris, eine Mansardenwohnung.
 Geräumig und hell, gerade richtig für einen Maler.
 Vor dem großen Atelierfenster lag ein wunderschöner Dachgarten.
 Alice hatte darauf Blumen und Büsche gepflanzt, so fühlten sie sich mitten in der Großstadt wie auf dem Lande. Oft saßen sie beide draußen in der Abendsonne und träumten von der Zukunft.

Andrè war trotz seiner jungen Jahre schon ein angesehener, bekannter Maler in der Stadt. Ältere Kollegen bewunderten ihn und sein Talent. So bekam er Aufträge von Persönlichkeiten, ihre Porträts und andere Bilder zu malen, was ihm viel Geld einbrachte.
 Alice war Bibliothekarin. Beide hatten ein gutes Einkommen, und es stand nichts im Wege, sich ein Kind anzuschaffen.
 Aber es wollte nicht so recht klappen. Sie suchten mehrere Ärzte auf, die jedoch alle feststellten, daß sie beide gesund seinen.
 Sie bekamen den Rat, Geduld zu haben.

So geschah es dann auch, daß Alice schwanger wurde. Die Freude war groß. Andrè machte ihr den Vorschlag, die Sommermonate in ihr Haus ans Meer zu fahren.
 Sein Vater, der übrigens auch Maler war, hatte vor Jahren dieses villenähnliche Anwesen gekauft. Doch leider wurde er viel zu früh aus seinem Schaffen gerissen.
 Seine Frau, Andrès Mutter, war eine Lebedame und mit einem recht jungen Musiker durchgebrannt. In ihrer Ehe hatte sie immer neue Affären und kümmerte sich wenig um die Familie.

Es war für Andrè kein großer Verlust, als sie das Haus verließ.

Als er Alice kennenlernte, kümmerten sie sich gemeinsam um den Vater bis an sein Ende.

Das große Haus, was sie bisher bewohnten wurde verkauft und sie zogen in die besagte Mansardenwohnung.

Es war Anfang März, ein verregneter Sonntag, also ein Tag, um es sich in den vier Wänden so richtig gemütlich zu machen.

Andrè ergriff nun ernsthaft das Thema, ans Meer zu fahren. Alice schaute etwas ungläubig, denn sie dachte, ihr Mann hätte nur gescherzt.

„Na mein Schatz, was hieltest du davon? Es würde dir in der Schwangerschaft bestimmt gut tun." Sie schlang die Arme um seinen Hals und küßte ihn stürmisch. „Du wirst es nicht glauben, auch ich hatte schon einmal den Gedanken, aber dann dachte ich an die Ausstellung, die dir doch so am Herzen liegt."

„Ach was, viel wichtiger ist mir dein Wohlbefinden."

Bis spät in die Nacht schmiedeten sie Pläne und notierten alles, was zu bedenken war.

„Weißt du, eigentlich kann die Ausstellung auch ohne mich stattfinden. Ich werde die Bilder schon in die Galerie bringen, und Robert wird sie in seinen Räumen gut behüten. Er ist sowieso für das Aufhängen und Gestalten der Ausstellungsräume zuständig. Gleich morgen werde ich mit ihm reden, und ich bin überzeugt, er wird uns verstehen und uns würdig vertreten."

Robert war schon sehr überrascht von den Neuigkeiten, aber er war auch sofort bereit sich um alles zu kümmern. Er half Andrè die Bilder zu verpacken und in die Galerie zu bringen.

„Wann wollt ihr denn die Reise antreten?" fragte er.

„Ich denke in 8 bis 14 Tagen werden wir alle Vorbereitungen getroffen haben."

„Na gut, wenn du noch Hilfe brauchst, ich bin gern bereit euch zu helfen."

Alice hatte noch einen Arztbesuch zu konsultieren. Er befürwortete mit gutem Gewissen die Reise. Er fragte nur, ob sie bis zur Geburt wieder zurück sein würde. Alice bejahte dies. Er riet ihr, daß sie sich trotzdem dort einen Frauenarzt anvertrauen sollte. Mit guten Wünschen verabschiedete er sich dann.

Andrè und sein Freund Robert kümmerten sich um die Ausstellung, die Anfang Mai stattfinden sollte. Indes begann Alice mit den Vorbereitungen für die Reise.

Gerade als sie die Koffer vom Dachboden geholt hatte, kam ihre Freundin und Nachbarin dazu.

„Was soll denn das bedeuten?" fragte sie erschrocken.

„Ja, nun muß ich es dir wohl sagen, wir fahren den Sommer über ans Meer."

„Wieso denn auf einmal?"

„Es gibt da noch etwas, was du nicht weist, ich bin schwanger. Andrè ist der Meinung, daß eine Luftveränderung gut für mich ist."

Claire umarmte Alice. „Ich freue mich ja für euch, aber gleichzeitig bin ich traurig ohne meine Freunde."

„Wirst du denn während unserer Abwesenheit unseren Dachgarten betreuen?"

„Aber natürlich, da werde ich wohl auf eurer Bank sitzen und an euch denken."

Die Unterhaltung wurde unterbrochen, denn Andrè kam nach Hause. „Hallo Claire!"

„Grüß dich Andrè, herzlichen Glückwunsch, werdender Papa."

„Na, da habt ihr ja schon das Neuste besprochen. Wir geben noch eine kleine Abschiedspartie für unsere Freunde. Wir dachten an: Robert und seine Annette, meinen Studienkollegen Raymond und seine Frau Isabell, na und du Claire mit deinem Marcel, habe ich noch jemanden vergessen Alice?"

„Nein, nein, das reicht schon. Also, dann auf kommenden Samstag."

Alice und Claire sorgten für das Essen, und Andrè kümmerte sich um die Einladungen.

Pünktlich und mit guter Laune trafen alle ein. Die Gäste staunten nicht schlecht über den Anlaß der Party.

Die Gastgeberin hatte ein kaltes Büffet angerichtet und alle langten fleißig zu. Es wurde gescherzt und gelacht bis weit nach Mitternacht. Keiner dachte ans Nachhausegehen, bis Robert mahnte, auf Rücksicht der werdenden Mutter, das Fest endlich zu beenden.

Mit herzlicher Umarmung und einem Dankeschön für den schönen Abend, verabschiedeten sich alle von ihrem Gastgeberpaar.

Claire half Alice noch beim Aufräumen, während Andrè noch mit Marcel einiges, betreffs der Wohnungsbetreuung zu besprechen hatte.

In zwei Tagen sollte die große Reise beginnen.

Die Koffer waren gepackt und warteten nur darauf, verladen zu werden. Das Wohnmobil war auch für eine längere Reise gerüstet.

Alice packte die restlichen Lebensmittel zusammen, noch ein prüfender Blick streifte die Wohnung, alles in Ordnung, und die große Fahrt konnte beginnen.

Die Sonne lachte vom Himmel, die Vögel stimmten ein Konzert an, als wollten sie zum Abschied besonders gute Wünsche mit auf die Reise schicken.

Da Alice eine gute Autofahrerin war, konnte sie Andrè auf der langen Fahrt auch einmal ablösen. Obwohl ihnen die Strecke nicht unbekannt war, hatten sie immer den Reiseatlas bei der Hand. Die erste Etappe ging bis LE MANS, wo sie eine größere Rast einlegten. Nach dem sie sich gestärkt hatten, ging die Fahrt weiter über ANGERS-NANTES, wo sie die zweite Pause machten. Es war bereits Nachmittag 17.00 Uhr, und sie sehnten sich, bald das Ziel erreicht zu haben, aber noch hatten sie ein gutes Stück zu fahren, runter bis ST. JEAN - de MONTS.

Das kleine Fischerdorf lag am Fuße der ansteigenden Küste, wo ihr Haus schon von Weiten zu sehen war. Noch eine halbe Stunde an der Küste entlang und sie hatten ihr Ziel erreicht.

Im Dorf angekommen, wurden sie sofort von den Einheimischen gesichtet, denn sie erkannten das Wohnmobil des Malers.

Andrè fragte Alice: „Wollen wir gleich noch einkaufen, bevor wir hochfahren?"

„Ich würde sagen, wir haben noch allerhand Lebensmittel, die wir erst einmal aufbrauchen können."

„Na gut, hast ja Recht."

Mühsam ging die Fahrt nach oben, denn die Auffahrt war schmal und steinig. Doch nach einigen Kurven war es geschafft. Ein Glücksgefühl übermannte sie. Sie reckten und streckten sich, denn die Glieder waren steif vom langen Sitzen. Hand in Hand liefen sie zum Haus. Andrè kramte den großen Haustürschlüssel aus der Tasche und steckte ihn bedächtig ins Schloß.

„Nun mach schon, ich kann es nicht mehr erwarten."

Gleichzeitig setzten sie den Fuß ins Haus. Ein stickiger Geruch kam ihnen entgegen. Das war ja auch nicht anders zu erwarten nach einem Jahr.

„Oh, wir müssen als erstes alle Fenster öffnen. Ich gehe nach oben und du machst unten alles auf."

Nachdem Andrè in der oberen Etage alle Fenster geöffnet hatte, zog es ihn magisch in den Turm, der mit dem Haupthaus verbunden war, denn dieser ist das Heiligtum des Malers.

Alice kam herauf. Gemeinsam öffneten sie die Tür zum Atelier.

Andrè schob die schweren Vorhänge zur Seite, und die Abendsonne durchflutete den großen Raum. Alles stand an seinem alten Platz. Auch das mannshohe, verhangene Gemälde, welches noch der Vater an diese Stelle platziert hatte. Aber das sollte sich in diesem Sommer ändern. Eigentlich wollte Andrè es gar nicht enthüllen, aber Alice bestand darauf es noch einmal zu sehen, bevor es entgültig verpackt wurde.

Sie zog das schwere Tuch herunter, und da stand sie leibhaftig vor ihnen - seine Mutter. Eiskalt durchfuhr es beide.

Es schien, als würde sie jeden Augenblick aus dem Rahmen steigen, die wunderschöne rothaarige Frau. Wild hingen die langen Haare auf ihrem Dekolletè. Ihre Brüste quollen aus dem türkisfarbenen langen Seidenkleid, und es war, als wenn ihre Augen in jeden Winkel des Raumes sehen konnten.

Dieses Bild hatte der Vater in glücklichen Zeiten gemalt.

Am liebsten hätte Andrè das Bild verkauft, denn er hatte wirklich keine guten Erinnerungen an seine Mutter, die ihre Familie verlassen hatte, als er gerade 15 Jahre alt war.

Nie kam ein Lebenszeichen von ihr. Einmal erwähnte der Vater, daß sie mit einem Musiker außer Landes sei. Es wurde auch nie wieder darüber gesprochen, doch Andrè spürte, daß der Vater sehr darunter litt, und deshalb traute er sich auch nie weiter zu fragen.

„Komm laß uns das Gemälde wieder verhüllen, es bringt doch nur Unruhe und das müssen wir uns nicht antun."

Alice drängte wieder nach unten zu gehen, denn sie wollte noch die Küche und das Schlafzimmer in Ordnung bringen. Die Möbel waren alle mit Tüchern verhangen, die erst einmal abgenommen werden mußten, um überhaupt schlafen zu können. Großreinemachen war für den nächsten Tag angesagt.

Heute wollten sie noch einen Spaziergang zum Strand machen.

Hand in Hand schlenderten sie auf einem kürzeren Weg hinunter. Die Sonne stand schon tief über dem Meer, und sie kamen gerade noch zurecht, den Sonnenuntergang, nach einem Jahr, wieder zu erleben. Alice schmiegte sich fest an ihren Mann, der sie ganz liebevoll und zärtlich küßte.

„Ja mein Schatz, das werden wir nun einen Sommer lang genießen können. Wir machen jetzt 14 Tage richtig Urlaub, aber dann werde ich wieder arbeiten und du wirst mich dabei inspirieren."

„Aber werden wir auch ab und an mal mit dem Boot raus fahren?"

„Natürlich mein Schatz, ich sehne mich doch auch danach, alles werden wir tun, was uns Spaß macht."

„Weißt du, wir könnten doch gleich beim alten Michel vorbeigehen, und ihm und seiner Frau ‚Guten Tag' sagen. Sicher wird er fragen, ob er unser Boot an den Strand ziehen soll."

„Na schön, du gibst ja doch keine Ruhe."

Alice liebte es, hinaus zu fahren und dem Wasser ganz nahe zu sein.

Michel saß auf der Bank vor seinem Haus. Er traute seinen Augen nicht. „Hallo – Hallo, Herr Andrè!" So nannte er den Maler schon immer. „Hallo schöne Frau, sie sehen ja wie der Frühling selbst aus!"

Er rief seine Frau Caroline, aber sie hatte den Besuch schon kommen sehen und kam ihnen entgegen.

„Herzlich willkommen, bleiben sie länger bei uns an der Küste?"

„Ja wir haben vor, den ganzen Sommer hier zu verbringen."

„Da muß ich wohl bald das Boot ans Wasser ziehen?"

Alice war ganz aufgeregt und sprudelte gleich los: „Ja, das wäre schön."

„Aber für heute soll es genug sein, es war nur ein kurzer

Spaziergang, denn wir wollen noch schlafen", gestand Andrè.

„Also, dann Adieu bis später."

„Adieu, schlaft gut die erste Nacht und träumt etwas Schönes."

Engumschlungen stiegen sie wieder hinauf.

„Ich werde das Auto noch in die Scheune fahren. Ach, da sind ja noch die Koffer, die haben wir ganz vergessen."

Andrè trug das Gepäck ins Haus, während Alice ein kleines Abendbrot bereitete.

Ein aufregender Tag ging zu Ende. Glücklich schliefen sie nebeneinander ein.

Durch Möwengeschrei wurden sie schon zeitig geweckt.

Zuhause waren es die Amseln und die Tauben, die ihren Schlaf beendeten. Andrè hatte sich schon aus dem Bett geschlichen, denn er wollte Alice mit dem Frühstück überraschen, was ihm auch gelungen war. Der Kaffeeduft stieg hinaus bis ins Schlafzimmer, so daß sie nichts mehr hinderte, aufzustehen. Sie traute ihren Augen kaum. Eine heimische Wärme vom Backofen kam ihr entgegen. Der Toast war fertig, Butter, Honig und Käse und sogar frischgepreßter Orangensaft standen bereit. Das hatte sie nicht erwartet.

„Aber dafür bekomme ich aber eine besondere Belohnung."

„Die hast du dir aber auch verdient, komm her mein Göttergatte!"

Alice küßte ihn heiß und zärtlich. Nach diesem romantischen Frühstück besprachen sie den Tagesablauf, denn Großreinemachen stand auf dem Plan.

„Wirst du das mit meiner Hilfe auch schaffen, oder wollen wir Paola wieder kommen lassen?"

„Na ja, zum Fensterputzen, das wäre schon nicht schlecht", gestand Alice. „Aber was wir erst tun müssen –

daheim anrufen. Robert und Claire, die werden schon lange warten und wissen wollen, ob wir gut angekommen sind."

"Ja das hätten wir schon längst tun sollen."

Also stellte Andrè gleich eine Verbindung mit Paris her, und es dauerte auch keine Minute, da hatte er Robert in der Leitung. "Na endlich! Wir dachten schon, ihr liegt noch auf der Strecke."

"Nein, nein, die Fahrt war problemlos. Wir waren schon unten am Strand und Alice nervt bereits, mit dem Boot hinaus zu fahren. Aber erst müssen wir das Haus in Ordnung bringen. So, nun möchte ich Claire noch anrufen. Grüße deine Annette ganz lieb von uns. Bis zum nächsten Mal! Servus."

Alice hatte sich schon das Wohnzimmer vorgenommen, denn dort lag noch alles im Schlaf.

"Andrè, bring doch erst einmal die alte Standuhr wieder in Gang, damit wir wissen was die Stunde geschlagen hat." Ein paar geübte Handgriffe und das Schlagwerk ließ den vollen Klang erklingen .

"Weißt du Liebes, wir werden wohl doch Frau Paola wieder kommen lassen, denn die Vorhänge und Fensterputzen, das wird für dich bestimmt zu schwer sein, ein bißchen schonen möchtest du dich vielleicht."

" Du hast ja Recht, ruf sie nur mal an. Die Nummer steht in unserem Buch."

Paola war sehr erfreut, daß sie auch in diesem Jahr wieder ins Bergschlößchen kommen durfte, denn sie brauchte jeden Franc sehr dringend, da ihr Mann das Geld lieber in die Schänke trug. Sie sagte, daß sie gleich kommen würde.

Das beruhigte Alice sehr, denn da würde sie sich um die Koffer kümmern, die noch ausgepackt werden müßten.

Es war eine herzliche Begrüßung zwischen den beiden Frauen. "So, was dachten Sie, was soll ich tun?"

"Ja liebe Paola, würden Sie sich um die Vorhänge und Fenster kümmern?"

„Aber gern, wo finde ich die Leiter?"
„Andrè, holst du bitte die Leiter aus dem Keller?"
„Aber gern, meine Damen, immer zu Diensten."
Sie mußten herzlich lachen über die netten Worte.

Die Arbeit ging zügig voran, sechs Hände schaffen eben mehr.
Eine halbe Stunde später flatterten die Gardinen schon im Frühlingswind. Am späten Nachmittag war bis auf den Turm und das Atelier alles geschafft, und das Haus war blitzblank. Aber Paola versprach, am nächsten Tag wieder zu kommen, denn die großen Fenster waren wirklich nichts für Alice. Gemeinsam mit Andrè gingen sie ans Werk, denn er wollte unbedingt dabei sein, damit ja seine Utensilien nicht durcheinander gerieten.
  Paola schaute sich neugierig um und entdeckte natürlich das verhangene Gemälde. „Darf ich denn mal unter die Plane schauen? Ich weiß, daß ich neugierig bin, denn man sagt im Dorf, daß sich darunter das große Geheimnis des Schlößchens verbirgt."
  Eigentlich wollte es Andrè nicht, aber dann konnte er ihren bettelnden Blick nicht wiederstehen. Er zog noch einmal den Vorhang herunter.
  Paola trat unwillkürlich einen Schritt zurück. Mit offenem Mund starrte sie die Frau an, die leibhaftig vor ihr zu stehen schien.
  „Und wer ist die wilde Schönheit?"
  Stockend sagte er: „Das ist meine Mutter, die ich aber schon 15 Jahre nicht gesehen habe."
  Paola hätte noch viele Fragen gehabt, aber sie merkte, daß der Maler nicht gern darüber reden möchte.
  So wurde das Bild wieder verhüllt und zurückgestellt.
  Noch ganz benommen und nachdenklich wollte sie sich bei Alice verabschieden, die sofort merkte, daß etwas vorgefallen war.

„Was ist Paola? Sie sehen ganz verstört aus?"

„Ich habe etwas gesehen und glaube noch, es war ein Traum."

Alice war sofort klar, was sie gesehen hatte, denn sie kam ja gerade aus dem Atelier.

„Hat mein Mann ihnen das Gemälde gezeigt? Da haben Sie großes Glück gehabt, denn das ist ein Geheimnis, was er niemanden gleich zeigt."

„Ja, ich habe gesehen, und ich werde es auch als mein Geheimnis hüten."

„Na dann, hier ist noch Ihr Lohn, kommen Sie wieder, wenn wir Sie brauchen?"

„Ich komme gern und tausend Dank!" Dann eilte sie hinunter ins Dorf.

Dem „Urlaub machen" stand nun nichts mehr im Wege. Der alte Michel hatte des Malers Boot bereits zu Wasser gelassen und überprüft, ob alles in Ordnung war. Das war auch gut so, denn Andrè und Alice hatten vor, hinauszufahren. Die Hausfrau hatte etwas Proviant eingepackt, und ein schöner Tag konnte beginnen.

Auch Andrè freute sich nun ehrlich mit Alice auf eine Seefahrt. Michel war am Bootssteg und half den beiden in See zu stechen.

Das Meer lag still und glänzend wie ein Spiegel, kaum eine Welle war zu spüren. Alice breitete ihre Arme aus und sagte: „Wie habe ich mich in den Mauern von Paris gesehnt, endlich wieder hier zu sein, weit und breit nur Wasser und Himmel!"

„Ja mein Schatz, auch ich bin glücklich wieder hier zu sein, mit dir und unserem Kind. Sicher wird unser Sohn oder unsere Tochter das Meer genauso lieben wie wir."

Diese Worte machten Alice sehr glücklich, denn so hatte Andrè noch nie gesprochen.

Auch Michels Frau war mit zum Bootssteg gekommen,

um dem jungen Paar einen Korb mit frischem Obst auf die Seefahrt mitzugeben. Andrè half seiner Frau beim Einsteigen.

„Ach der gute alte Michel, hat sogar Decken für uns parat gelegt."

Andrè startete den Motor und die Fahrt konnte losgehen. Michel und seine Frau wurden immer kleiner, bis sie ihren Augen ganz entschwanden. Eine knappe Stunde waren sie nun schon auf dem Wasser, und die Sonne stand hoch am wolkenlosen Himmel.

„Oh, wir müssen uns schnellstens eincremen, das hätten wir schon längst tun sollen." Alice begann ihren Seemann ordentlich zu cremen. Das Gleiche tat dann Andrè bei Alice, wobei er sie zärtlich auf den Nacken küßte.

Da das Meer ruhig war, machte der Kapitän den Motor aus. Das mochte Alice besonders gern. Einfach im Boot liegen und sich von den Wellen schaukeln lassen und dabei etwas essen und trinken.

Plötzlich stellte Andrè fest, daß einige Wolken am Himmel aufgezogen waren. Auch der Wind hatte etwas zugenommen. Er rüttelte seine Frau die eingeschlafen war aus ihren Träumen.

„He, Liebes, schau dir den Himmel an, ich glaube, wir müssen umkehren."

„Wo kommen denn die Wolken so schnell her, ist ja schade, aber es wird wohl besser sein. Wie lange brauchen wir denn bis in den Hafen?"

Andrè las die Geräte ab, und der Bordkompaß zeigte, in welche Richtung sie fahren mußten.

„Ja, wenn der Wind sich nicht dreht, können wir in einer halben Stunde das Land erreichen."

„Na dann man Tau, Herr Kapitän."

Andrè brachte den Motor auf Hochtouren, und Alice packte inzwischen die Sachen zusammen.

Der Wind war stärker geworden und auch die Sonne war

verschwunden. Es war wohl doch ein Wetter zu erwarten. Besorgt fragte Alice: „Hoffentlich schaffen wir es noch rechtzeitig?"

„Keine Angst mein Schatz, ich habe ein gutes Gefühl."
In Wahrheit war er sich selbst nicht ganz sicher.

Doch hinter der nächsten Bucht waren bereits das Dorf und der Hafen zu sehen. Alle Boote hatten schon fest gemacht.

Michel stand mit dem Fernglas am Strand und schaute nach dem Boot des Malers aus. Doch endlich ein Aufatmen. „Gott sei Dank!" murmelte er in seinen Bart. Er half den beiden Seefahrern an den Landesteg und schon prasselte der Regen nieder.

Im Bootshaus suchten sie erst einmal Unterschlupf, denn ans Nachhausegehen war vorerst nicht zu denken.

Inzwischen war ein richtiges Unwetter herangezogen.

Wieder murmelte der alte Michel: „Gott sei uns gnädig."

Alice hatte das verstanden, und sie überkam schon ein wenig Angst.

Andrè legte seinen Arm um sie und beruhigte sie. „Es wird schon bald vorüberziehen." Doch es schien, als wenn die Welt untergehen wollte. Die Wellen schlugen über den Bootssteg, was nicht gerade gut aussah.

Langsam wurde es Alice kalt in ihren kurzen Shorts und sie zitterte am ganzen Körper.

„Hier haben Sie eine Decke, Frau Alice."

„Danke, das tut gut."

Eine Stunde hatten sie im Bootshaus zugebracht, dann endlich zog das Wetter ab und langsam lichtete sich der Himmel.

„So mein Schatz, ich glaube wir können uns auf den Heimweg machen." Sie bedankten sich bei Michel für seine Fürsorge und verabschiedeten sich.

Der Aufstieg zu ihrem Haus war erschwert, denn der Regen hatte die Steine klitschig gemacht. Andrè stützte sein Frauchen, damit sie nicht zu Fall kam.

Jetzt sagte auch er: „Gott sei Dank, wir sind zu Hause!"

Überall im Haus war es ungemütlich und kalt, so daß Andrè gleich die Heizung anstellte, die sie sonst zu dieser Jahreszeit nicht brauchten.

„Ein heißer Tee wird uns jetzt gut tun", und schon stand der Teekessel auf dem Herd. Ganz besorgt brachte er Kissen und Decken für Alice. Sie genoß es sehr, wenn er sie liebevoll umsorgte.

„Komm zu mir unter die Decke, dir wird es auch kalt sein."

„Ja mein Schatz, ich bringe gleich den Tee mit."

Gemeinsam kuschelten sie den ganzen Abend und dachten darüber nach, daß sie großes Glück gehabt hatten, heil nach Hause gekommen zu sein.

„So, und was werden wir morgen tun, was möchtest du am liebsten?" fragte Andrè.

„Ich würde ja gern mal in die Stadt fahren, mal so richtig einkaufen."

„Na gut, dein Wunsch sei mir Befehl."

Nach dem Frühstück starteten sie mit dem Auto in Richtung Stadt. Alice freute sich wie ein Kind. Etwas außerhalb fanden sie einen Parkplatz und schlenderten zu Fuß in das Zentrum.

So kamen sie auch an der Kirche „Skt. Martin" vorbei.

„Laß uns doch mal hineingehen, du weißt doch wie gern ich mir eine Kirche von innen ansehe", bat Andrè.

Das schwere Eingangsportal knarrte laut in den Angeln, doch drinnen empfing sie eine himmlische Stille.

Auf der vordersten Bank nahmen sie Platz und verrichteten stumm ihr Gebet. Durch die bunten Glasscheiben schickte die Sonne ihre Strahlen, direkt auf das Paar herein. Alice schmiegte sich dicht an Andres Schulter und nahm seine Hand und legte sie auf ihren Bauch.

Nur die zwei wußten, was das zu bedeuten hatte.

Fast eine halbe Stunde verharrten sie so schweigsam, bis sie Hand in Hand das Gotteshaus verließen.

An vielen Geschäften kamen sie vorbei, aber an einem hielt sie ihren Andrè zurück.

„Laß uns doch mal hineingehen und die vielen süßen Sachen ansehen", bettelte Alice. Er drückte sie zärtlich an sich und bereitwillig betrat er mit ihr das Geschäft.

Ihre Augen leuchteten beim Anblick der vielen Babysachen. Am liebsten hätte sie gleich einen Großeinkauf getätigt, hätte Andrè sie nicht zurückgehalten.

„Es ist noch so viel Zeit", bemerkte der zukünftige Papa, „Aber nur eine Kleinigkeit möchte ich mitnehmen."

Sie hatte ein Paar allerliebste Schuhchen aus feinem Nappaleder erspäht. „Schau Schatz, die sind doch so süß und einen Anfang müssen wir doch machen."

„Na gut, da kann ich auch kaum wiederstehen."

Die Verkäuferin schaute Alice ungläubig an, ob sie denn überhaupt schwanger war, denn zu sehen war ja wirklich noch nichts.

Aber nach ihr ging es ja sowieso nicht. Manche Pärchen kaufen oft solche Dinge als Souvenir. Zufrieden verließen sie das Geschäft.

„So Liebes, was hieltest du davon, wenn wir etwas Essen gehen, wir lassen uns mal so richtig verwöhnen?"

„Aber gern mein Schatz!"

„Du weißt doch wie gern ich in ein Restaurant gehe."

Andrè wählte eines der Besten aus. Ein in Frack gekleideter Kellner empfing seine Gäste schon an der Tür und führte sie an einen Fensterplatz, mit schöner Aussicht auf den Museumsplatz.

„Bitte Madame - Monsieur", und schon legte er die Speisekarte zur Rechten.

Es dauerte auch nicht lange und sie hatten ein Menü für zwei Personen gewählt. Der Kellner brachte inzwischen eine Schale mit frischem Obst. Andrè bestellte sich einen guten roten Wein und für Alice einen Traubensaft.

Der Kellner zündete eine Kerze an und lächelte dem Paar freundlich zu und dachte: „Na, ob die zwei wohl etwas zu feiern haben?" Wie es auch sei, er brachte die Getränke und wünschte: „Sante!" (Gesundheit)

Als der Ober sich abgewandt hatte, ergriff Andrè Alices Hand und flüsterte: „Ja mein Schatz, das können wir gebrauchen, damit unser Kind gesund auf die Welt kommt."

Schon wurden sie aus ihren Zukunftsgedanken zurückgeholt, denn schweigsam, nur ab und zu einen liebevollen Blick, so genossen sie das köstliche Mahl.

Andrè bat um die Rechnung, die der Ober ihm diskret, mit einer Serviette bedeckt, reichte. Ebenso tat es Andrè mit einem guten Trinkgeld.

„Merci – Merci, beehren sie uns bald wieder", und er öffnete den Gästen die Tür.

Nun zog es Andrè noch in ein Geschäft, um Farben zu kaufen, denn er wollte sehr bald wieder malen.

Vollbepackt schlenderten sie zum Parkplatz.

In ihrem Dorf kauften sie noch Lebensmittel ein, bevor hinauf zu ihrem Haus fuhren.

Ein wunderschöner Tag neigte sich seinem Ende, und sie beschlossen, das bald wieder zu tun.

Für den kommenden Tag machte Andrè den Vorschlag, den Michel und seine Frau einzuladen. So machten sie sich noch am Abend auf den Weg hinunter, um den alten Seebären die Einladung vorzutragen. Am meisten freute sich seine Frau Caroline, denn sie kam ja sonst nicht aus dem Haus auf den Klippen.

„Wir kommen gern, so gegen 14.00 Uhr, wenn es recht ist?"

Die kleine rundliche Frau drückte Alice dankbar die Hand.

„Also, dann bis morgen", fügte Michel hinzu.

Caroline war schon am Vormittag ganz aufgeregt, denn in das Haus des Malers gehen zu können, war ein langersehnter Wunsch von ihr. Michel staunte nicht schlecht, wie sich seine „Alte" herausgeputzt hatte, sie sah gleich viel jünger aus.

„Das gefällt mir, könntest dich immer so anziehen."

„So, so, dann mußt du aber auch deine alte Kutte mal ausrangieren und deine Filzpantoffel entsorgen, hast ja neue im Spind stehen."

Caroline füllte ein Körbchen mit frischen Eiern, und aus ihrem Garten pflückte sie die schönsten Frühlingsblumen.

Wie zu einem Geburtstag, machten sich die zwei auf den Weg zum Bergschlößchen, wie es auch von den Einheimischen genannt wurde.

Pünktlich, um 14 Uhr zogen sie die Glocke an der Eingangstür.

Der Hausherr öffnete und bat seine Gäste herein.

„Guten Tag und herzlich willkommen."

Andrè führte sie ins Wohnzimmer und bat Platz zunehmen. Alice kam dazu, und auch sie begrüßte das Ehepaar. Caroline reichte der jungen Frau den Korb und die Blumen.

„Vielen herzlichen Dank, aber Sie sollten doch nichts mitbringen."

Während sich Caroline setzte, streiften ihre Blicke staunend im Zimmer umher. Auf dem Tisch standen dünne Porzellantassen, wie sie solche nur aus den Auslagen der Geschäfte kannte. Sie tranken nur aus handfesten Kaffeetöpfen, obwohl sie in ihrem Glasschrank, in der guten Stube auch ein paar Porzellantassen stehen hatte.

Auch Michels Augen wanderten ruhelos durch den Raum.

Aber schon kam Alice mit dem Kaffee und den Kuchen.

„So liebe Freunde, langen Sie zu und lassen Sie es sich schmecken."

Michel ließ es sich nicht zweimal sagen und genoß den selbstgebackenen Kuchen. Nur hatte er Mühe, mit seinen dicken Fingern, die zarte Tasse zu fassen, so nahm er einfach die zweite Hand dazu. Caroline schaute verlegen zu ihm, aber Alice half ihr aus der Situation und sagte: „Ist schon gut so."

Nun aber konnte Michel seine Neugier nicht mehr bremsen und er fragte gerade heraus: „Werden Sie uns das Haus zeigen?"

„Aber natürlich, da kommt mal mit. Durch die große Diele sind Sie gekommen und das Wohnzimmer kennen Sie bereits. Anschließend befindet sich die Bibliothek, aber da haben wir noch gar nichts gemacht, was aber diese Woche noch werden soll."

Die beiden Besucher waren ganz erstaunt über so viele Bücher.

„Kann man überhaupt so eine Menge Bücher lesen?" fragte Michel.

Caroline wollte wissen, wie wohl das Reinemachen aussieht.

„Eigentlich wäre es meine Aufgabe, aber dieses Jahr wird es mein Göttergatte tun", gestand Alice.

„Mit Leiter und Pinsel muß jedes Buch entstaubt werden."

„Da wollen wir lieber schnell weitergehen, denn das ist nichts für uns", meinte Michel.

Im Untergeschoß war da noch eine helle, freundliche Küche, von der eine Tür auf die Terrasse führte. Außerdem war da noch eine Toilette. Eine schmiedeeiserne Treppe, mit ebensolchen Geländer, führte in die obere Etage, wo sich zwei Schlafzimmer und ein Gästezimmer befanden. Am Ende des Flures waren ein großes Badezimmer und eine Toilette.

„Ach, so ein Bad! Da möchte ich einmal baden. Wir müssen das in einer Holzwanne in der Waschküche tun", erklärte Caroline traurig. Aber Michel drängte wissen zu wollen, wohin denn diese Tür führte.

„Diese Tür führt in den Turm, aber Vorsicht, da sind noch Stufen. Eigentlich lasse ich da nicht jeden hinein, aber Sie gehören ja zu meinen Freunden und dürfen mein Heiligtum betreten", gestand Andrè. Er öffnete die Tür und eine Fülle von Licht und Sonnenschein durchflutete das Atelier.

Caroline stockte der Atem, denn eine ganze Wand als Fenster, das hatte sie noch nie gesehen.

Es roch nach allerlei Firnissen und Farben.

„Wozu braucht denn ein Maler diese vielen Holzgestelle?" fragte sie.

„Das sind Staffeleien, auf der die Bilder, bzw. Leinwände gestellt werden", und Andrè zeigte ihr, wie dann gemalt wird.

„Ich lade Sie noch einmal ein, wenn ich ein Bild male."

Michel schaute sich inzwischen etwas neugierig um. Natürlich wußte er genau, was er finden wollte, denn auch er hatte von dem Geheimnis gehört.

„Suchen Sie etwas Michel?"

Ganz verlegen stotterte er: „Na ja, man erzählt sich doch, daß es im Turm etwas Geheimes geben soll."

Andrè legte die Hand auf seine Schulter und führte ihn in eine Nische. Caroline tappte hinterdrein.

„Wenn Sie das Geheimnis für sich behalten können, dann will ich es Ihnen zeigen", und er zog den Vorhang herunter.

Caroline stieß einen Schrei aus und trat einen Schritt zurück.

Sie glaubte, eine richtige Frau stand vor ihr, und sie schüttelte nur ungläubig den Kopf, denn so eine schöne Frau hatte sie noch nie gesehen. Michels Augen dagegen leuchteten beim Anblick des Gemäldes.

„Nun Herr Andrè, lüften Sie uns das Geheimnis, wer ist diese Schöne? Ich vermute, das dies vielleicht Ihre Mutter ist, denn eine gewisse Ähnlichkeit kann ich finden."

„Ja, das stimmt, es ist meine Mutter." Ein wenig stolz war er schon, aber gleich kam in ihm ein Haßgefühl hoch.

„So, das soll's gewesen sein", und er zog den Vorhang darüber.

Schweigsam stiegen sie die Treppe wieder hinunter.

Caroline traute sich doch noch zu fragen, wo denn diese Frau heute ist. Stockend erzählte Andrè in knappen Worten, was sich vor 15 Jahren zugetragen hatte. Alice spürte, daß es ihrem Mann peinlich war, das Gespräch fortzuführen.

Sie bot ihren Gästen einen Drink an und gleich war die gespannte Lage gelöst.

Michel merkte sofort, daß Alice nicht mit trank.

„Na was soll den das heißen, nicht ein Schlückchen?"

„Nein, ich trinke nur Saft."

„Soll das heißen ...?" fragte Caroline.

„Ja, wir erwarten ein Baby, aber es ist noch ganz am Anfang."

„Da wünschen wir alles Gute."

„Aber jetzt haben wir Sie schon zu lange aufgehalten."

Schweigsam schritten die beiden Alten nebeneinander her, denn was sie gesehen hatten, brauchte noch lange Zeit, um es zu verarbeiten.

Gleich am nächsten Tag machte sich Andrè in der Bibliothek zu schaffen, denn er wollte diese Arbeit hinter sich bringen.

„Wir werden Paola kommen lassen, damit wir es vielleicht heute schaffen, was meinst du Liebes?"

„Ja natürlich, ich werde sie gleich anrufen."

Und sie war auch gleich einverstanden zu kommen. Als sie sah, wie sich der Meister mit dem Pinsel abmühte, überlegte sie nur kurz und meinte: „Kann man das nicht auch mit dem Staubsauger machen?"

Er schaute sie nur ungläubig an, aber dann sagte er: „Man kann das ja mal versuchen." Er holte das Gerät aus der Besenkammer und stellte es auf die niedrigste Stufe.

„Paola, Sie sind ein Schatz, das geht wunderbar, warum sind wir nicht selbst darauf gekommen?"

Schon kurz nach dem Mittag waren sie mit allem fertig und es war noch genügend Zeit, um gemeinsam Kaffee zu trinken, und Kuchen war vom Vortag auch noch da.

Paola bekam ihren Lohn, und der Tag war für alle gut gelaufen.

Andrè und Alice hatten den ganzen Abend für sich. Sie unterhielten sich über Gott und die Welt. Er legte den Arm um sie und sagte: „Ich möchte, daß du mit mir noch einmal ins Atelier gehst, ich muß dir unbedingt etwas zeigen."

Alice war neugierig und folgte ihrem Mann bereitwillig nach oben. „Nun mein Schatz, sag schon, was ist es?"

Mitten im Raum stand eine große Staffelei, mit einer auf Rahmen gespannter Leinewand.

„Das soll mein größtes und schönstes Werk werden."

„Spann mich nicht so auf die Folter, was wirst du malen?"

„Ich will dich malen, es soll viel schöner werden, als das meiner Mutter, was hältst du davon?"

Scherzhaft meinte sie: „Hoffentlich stehe ich dann nicht auch in der Ecke, wie sie?"

„Aber Liebes, das wird niemals geschehen."

„Wann willst du anfangen."

„Schon morgen, ich kann es nicht mehr erwarten, ich sehe es schon vor mir wie es aussehen soll. Ich möchte, daß du dein Chiffonkleidchen anziehst, darunter sollst du aber nichts tragen. Ich möchte, daß du auf den Klippen stehst und der Wind mit deinem Kleid und dem Haar spielt. Im Hintergrund das Meer und über dir blauer Himmel, was hältst du davon?"

„Nun ja, wenn ich nicht so lange stehen muß!"

„Wir können einen großen Teil im Atelier machen und was draußen sein muß, da können wir öfter mal eine Pause einlegen."

„Na dann großer Meister, ich bin einverstanden."

Er umfaßte sie und wirbelte sie herum. Mit einem heißen Kuß stellte er sie wieder auf die Füße. Andrè war glücklich, daß sie eingewilligt hatte.

Schon am frühen Morgen traf der Maler erste Vorbereitungen im Atelier, dann erst ging er zum Frühstück hinunter.

Alice war doch ein bißchen aufgeregt, denn Model stehen, das war ihr klar, würde doch etwas anstrengend werden.

„So Liebes, wir gehen erst einmal hinaus und suchen uns eine Stelle aus, wo du stehen wirst." Er nahm sie an der Hand und führte sie hinauf auf die Klippen, wo sie eine günstige Stelle fanden, und wo auch genug Platz zum Stehen war.

„Na, ich glaube hier ist es wie geschaffen."

„Nun gut, ich werde mir große Mühe geben."

Für diese Aussage bekam Alice einen herzhaften Kuß. Andrè fertigte im Atelier eine Skizze an, erst dann konnte er mit den Malen beginnen.

Das Wetter war gut, die Sonne schien und Alice konnte sich getrost in ihrem dünnen Kleid zum ersten Mal in Pose stellen. Langsam fand sie auch Gefallen von der Idee ihres Mannes.

Wie besessen arbeitete Andrè an dem Gemälde. Alice war begeistert. Das Chiffonkleidchen zeigte seine Wirkung. Ihre prallen Brüste schimmerten wie Marmor durch das hauchdünne Etwas.

Selbst das Bäuchlein ließ erahnen, daß es ein wunderschönes Ereignis verbarg. Nachdem die Außenarbeiten fast abgeschlossen waren, konnte der große Meister im Atelier weiter malen.

Plötzlich läutete das Telefon und Alice nahm den Hörer ab.

„Ja Hallo Robert! Was gibt es so dringend? Kannst du mir das nicht sagen, Andrè ist sehr beschäftigt? ... Na gut, einen Moment. - Andrè, Robert möchte dich selbst sprechen", und sie übergab ihm den Hörer.

„Hallo Robert, alter Freund, was ist so eilig?"

Andrè hörte gespannt zu und sagte:

„Das sehe ich schon ein, aber im Augenblick kann ich ganz schlecht hier weg, und dann muß ich auch mit Alice reden, ich rufe dich morgen an, einverstanden?"

„Was ist los, ist etwas passiert?"

„Ja und nein, Robert ist der festen Meinung, daß ich unbedingt zur Ausstellung persönlich dabei sein muß. Schon deswegen, weil ich einen Ehrenpreis erhalten soll." Dieses Argument versetzte Alice in große Aufregung.

„Was wirst du tun?"

Er legte den Pinsel weg und nahm sie in den Arm.

„Komm wir gehen nach unten und werden gemeinsam eine Lösung finden. Könntest du dich damit abfinden, wenn ich allein für ein paar Tage nach Hause fahre? Ich würde vielleicht gleich fliegen, da wäre ich schneller hin und her, was meinst du Liebes?"

„Na ja, wie lange dachtest du denn zu bleiben?"

„Das kann ich noch nicht genau sagen, vielleicht vier oder fünf Tage."

„Da sehe ich eigentlich kein Problem, mir geht es gut und ich habe keine Angst, allein zu sein."

„Ich danke dir für dein Verständnis, und ich bin auch so schnell als möglich zurück."

Andrè rief gleich im Flughafen an und buchte einen Flug „NANTIS –PARIS."

„Bis Nantis werde ich mit dem Wohnmobil fahren und lasse es für die Rückfahrt auf dem Flughafenparkplatz stehen. Also, muß ich morgen früh schon um 5 Uhr los, denn der Flieger startet 7.30 Uhr. Da wollen wir für heute Schluß machen. Wir setzen uns noch ein bißchen zusammen, ja?"

„Wir können ja auch noch einen kleinen Spaziergang machen, hast du Lust?"

„Ja Liebes, na dann, laß uns gehen."

Engumschlungen, wie zwei Teenager schlenderten sie hinunter in das Dorf. An Michels Haus blieben sie stehen.

„Wollen wir mal anklopfen, sicher werden sie sich freuen uns zu sehen." Aber Caroline hatte die Ankömmlinge schon erspäht.

„Das ist ja schön, daß Sie uns besuchen kommen. Wollen wir uns in die Laube setzen, der Abend ist so schön?"

„Gern, ist denn der Michel auch da?"

„Ja, ja, er füttert noch die Ziegen."

Da kam er auch schon. „Hallo, und Guten Abend, ist das eine Überraschung!"

„Caro, hole etwas Trinkbares für unsere Gäste."

„Bitte nur keine Umstände, ich wollte nur wissen lassen, daß ich für ein paar Tage nach Paris fliege."

„Und Sie, Frau Alice, müssen hier bleiben?"

„Ja leider, aber mein Mann kommt so schnell als möglich wieder, und ich muß inzwischen das Haus hüten," entgegnete Alice.

„Laß uns aufbrechen, Liebes, wir müssen zeitig aus den Federn."

Sie verabschiedeten sich, und Michel wünschte einen guten Flug.

Andrè konnte lange nicht schlafen, denn er dachte nach, ob es richtig war, seine Frau allein zu lassen. Er betrachtete sie, wie sie friedlich neben ihm schlief, und er konnte nicht wiederstehen, sie zu küssen. Sie blinzelte zu ihm auf und kuschelte sich fest an seinen Körper.

Die Nacht war schwül und die Liebe heiß.

Nach einem liebevollen Abschied stieg Andrè in das Auto.

Alice schaute ihm nach, bis es ihren Blicken entschwunden war.

Tränen rollten über ihre Wangen. Es war das erste Mal, daß sie in ihrer dreijährigen Ehe getrennt waren. Doch bei aller Vernunft war es das Richtige, daß er allein nach Paris reiste.

Traurig ging sie ins Haus zurück, und ihr erster Weg war in das Atelier. Dort stand sie nun als Gemälde. Die Farben waren noch naß, und Andrè hatte noch viele Details zu malen.

Sie tat einen tiefen Seufzer und überlegte, was sie heute wohl machen würde. Aber bevor Andrè seine Ankunft noch nicht gemeldet hatte, sollte sie auch nicht aus dem Haus gehen.

Nachdem sie ihre Hausarbeit verrichtet hatte, setzte sie sich auf die Veranda, denn der Tag versprach, schon am

Morgen, sehr schön zu werden. Viele Gedanken gingen ihr durch den Kopf. Sollte sie mit dem Bus in die Stadt fahren? Oder sollte sie vielleicht mit dem Boot hinausfahren?

Sie entschied sich, nachdem Andrè angerufen hatte, für die Stadt.

War es gar das Babygeschäft, was da lockte? Oder waren es einfach nur Menschen, die sie hier oben nicht hatte?

Das Läuten des Telefons riß sie aus ihren Gedanken.

Mit zitternden Händen nahm sie den Hörer ab. „Ja bitte? - Andrè, Andrè! Du bist es!"

Am anderen Ende sagte die vertraute Stimme: „Ich bin gut gelandet, Robert steht neben mir und holt mich vom Flugplatz ab. Mach dir keine Sorgen, ich bin doch bald wieder bei dir. Moment noch, Robert will dir noch Guten Tag sagen"

„Hallo, Alice, wie geht es dir?"

„Danke Robert, paß gut auf meinen Andrè auf, und grüße Annette ganz lieb von mir. Ich wünsche euch viel Erfolg bei der Messe."

„So, hier bin ich noch mal mein Schatz, ich rufe dich, sobald ich kann, wieder an. Küßchen!" Alice fühlte sich erleichtert, denn nun konnte sie beruhigt in die Stadt fahren.

Es kam ihr schon komisch vor, so allein im Bus zu sitzen, aber sie hatte es ja so gewollt. In der Stadtmitte stieg sie aus und orientierte sich gleich, wann ein Bus wieder zurück fuhr.

Nun konnte sie nach Herzenslust bummeln und die Auslagen in den Geschäften ansehen. Besonders die Modeboutiquen hatten es ihr angetan. Eigentlich war sie sehr bescheiden in punkto Mode.

Doch was sie für die nächsten Monate brauchte, war ein Umstandskleid. Damit wollte sie Andrè überraschen.

Also war ihr Ziel der Babyausstatter. Die Verkäuferin erkannte sie gleich wieder und war sofort bereit, sie zu bedienen. „Merci, ich schau mich erst ein wenig um."

Zielstrebig steuerte sie in die Abteilung „Für Mamas".

Eigentlich, wenn sie richtig überlegte, brauchte sie für den Sommer kein extra Kleid, denn ihre Sommergarderobe war leicht und leger. Aber für den Herbst würde sie schon etwas benötigen. Ihre Zeit geht ja bis Ende Oktober.

Die Verkäuferin kam und fragte: „Madame, kann ich ihnen helfen?"

„Ja, ich weiß selbst nicht recht, was ich eigentlich suche. Ich benötige für den Herbst etwas, aber da ist im Moment gar nichts da, jetzt kommt ja auch erst der Sommer, da werde ich wohl noch einmal mit meinem Mann wiederkommen und auch gleich die Babyausstattung kaufen."

„Ganz wie sie wünschen Madame, also dann bis zum nächsten Mal."

Alice verließ das Geschäft und steuerte ein nettes Straßenkaffee an, und bestellte sich einen Eisbecher. Inzwischen betrachtete sie das geschäftige Treiben auf der Straße. Dabei dachte sie an Andrè.

Gern wäre sie mit ihm nach Paris geflogen, jedoch hätte er auch keine Zeit für sie gehabt. Es war schon richtig so.

Ganz in Gedanken versunken, hatte sie gar nicht bemerkt, daß sich eine herausgeputzte Dame an ihren Tisch gesetzt hatte. „Entschuldigen Sie Madame, ich wollte sie nicht erschrecken. Da Sie so allein hier sitzen, dachte ich, Ihnen ein bißchen Gesellschaft zu leisten."

Irgendwie kam ihr diese Frau unheimlich vor, aber sie löffelte weiter an ihrem Eis.

Doch die Dame verwickelte sie in ein Gespräch und brachte ohne zu fragen, ein Kartenspiel heraus.

„Wollen Sie nicht einmal in die Zukunft schauen?"

„Nein nein, ich muß auch gehen."

Ohne abzuwarten legte sie die Karten auf den Tisch und sagte: „Ah, sehen Sie, hier liegt ein Kind im Haus."

Alice war schon etwas verdutzt, denn gesehen haben konnte es die Frau nicht.

„Na Madame, wollen Sie nicht doch noch etwas wissen?"

„Ich sagte doch schon, ich habe kein Interesse."

„Dann eben nicht, aber ich sage Ihnen noch, ein großer Geldsegen steht auch in Ihr Haus."

Nun horchte Alice doch auf, was die Wahrsagerin sofort bemerkte. Wieder legte sie die Karten auseinander und runzelte die Stirn.

„Ich weiß nicht – ich kann es noch nicht richtig deuten, haben Sie etwas mit Wasser zu tun?"

Energisch sagte Alice: „Nein, ich weiß nicht, was das soll." Sie stand auf und winkte dem Kellner, daß sie bezahlen wolle.

Ohne einen Gruß entfernte sie sich vom Tisch.

Ein Blick auf die Uhr sagte ihr, daß es auch schon bald wieder Zeit war, an die Bushaltestellen zu gehen. Etwas gedrückt fuhr sie nach Hause, denn sie konnte nicht vergessen, was die Alte ihr gesagt hatte. Mit zwei Voraussagen hatte sie ja Recht. Das Kind war unterwegs, und der Geldsegen war auch zu erwarten, denn Andrè wird hoffentlich viele Bilder verkaufen und dann war ja auch noch der Ehrenpreis. Aber was das mit dem Wasser zu tun hatte, konnte sie sich nicht erklären.

Kaum war sie zu Hause, da läutete das Telefon und ihre dummen Gedanken waren gleich verschwunden, denn es konnte nur Andrè sein.

„Hallo? Hier Alice Ravèl?"

„Ja und hier ist dein Schatz, wo warst du, ich habe schon einmal angerufen?"

„Ich war mit dem Bus in der Stadt."

„Na gut, ich wollte dir nur sagen, daß alle Vorbereitungen erledigt sind. Morgen 10 Uhr wird die Ausstellung eröffnet, und 14 Uhr beginnen die Feierlichkeiten. Es werden viele Prominente anwesend sein. Das war's für heute. Gute Nacht, schlaf gut und Küßchen."

„Ich werde morgen in Gedanken bei dir sein – ich liebe dich."

Alice fühlte sich doch sehr einsam ohne Andrè.
Sie versuchte mit einem guten Buch den Abend auszufüllen und zog es auch vor, zeitig ins Bett zu gehen.
Noch lange lag sie wach und lauschte dem Meeresrauschen, bis der Schlaf sie überkam.

Durch Möwengeschrei wurde Alice aus ihren wirren Träumen geweckt.
Sie hatte ziemlich unruhig geschlafen.
Kurz entschlossen zog sie ihren Badeanzug an und darüber den Bademantel.
Wie von einem Magnet gezogen, lief sie hinunter zum Strand. An einer günstigen Stelle legte sie Mantel und Schuhe ab.
Nur ein paar Meter trennten sie noch vom Wasser.
Der Strand war menschenleer, nur einige Fischerboote kamen vom Fischfang zurück.
Mutig machte sie sich erst ein wenig naß, aber dann gab es kein Zurück mehr. Mit ein paar raschen Schritten hatte sie die nötige Tiefe zum Untertauchen erreicht. Zügig schwamm sie ein Stück hinaus, bis sie eine Wendung zum Umkehren machte.
Es war wohl doch ein bißchen zu kalt, was ihr eigentlich nie etwas ausgemacht hatte. Sicher dachte sie auch an ihr Kind.
Der Bademantel leistete ihr jetzt gute Dienste. Schnell streifte sie den nassen Badeanzug ab, denn bis sie zu Hause war, hätte sie sich sicher eine Erkältung geholt. Daheim nahm sie eine warme Dusche, denn ihr Körper war schon ganz schön ausgekühlt.
Nun war ein gutes Frühstück willkommen.
Sie stellte fest, das war ein guter Start in den Tag.

Heute war nun Andrè's großer Tag. Hunderte Schaulustige und Interessenten warteten vor dem Kongreßsaal bis die Türen geöffnet wurden. Der Oberbürgermeister der Stadt und der Professor für Bildende Kunst eröffnete die Messe.

Die drei Künstler, Andrè Ravèl und zwei andere Kollegen, wurden vorgestellt. Ein bekanntes Orchester umrahmte das Ganze mit Musik von „Roussel." Die vielen Menschen verteilten sich schnell in den einzelnen Räumen.

Hier und da konnte man Staunen und Anerkennung vernehmen.

Es wurde notiert und geschrieben, und manchmal bildeten sich ganze Gruppen vor einem Bild. Bis Mittag konnten sich die Bewerber einschreiben lassen, waren es mehrere, dann galt das Gebot.

Ab 13 Uhr war für geladene Gäste ein Büffet aufgebaut.

Anschließend begann die große Preisverleihung, Auszeichnungen und die Bekanntgabe der verkauften Bilder.

Andrè war überwältigt, denn er räumte ab, was nur abzuräumen war. Immer wieder war der Name „Andrè Ravèl" zu hören.

Er bereute schon fast, daß er Alice nicht mitgenommen hatte, damit sie an seinem Erfolg hätte teilhaben können.

All seine Freunde, die ja alle Kunstliebhaber sind, waren anwesend. Robert und Annette Raymond und Isabel, auch Claire und Marcel.

Bis spät in die Nacht feierte Andrè mit seinen Freunden.

Noch gegen Mitternacht rief er Alice an und berichtete, wie alles abgelaufen war, und daß sie noch zwei Tag auf ihn warten müßte.

Am nächsten Tag wurden die Bilder, die zum Verkauf gingen, gut verpackt und abgeholt.

Nun hieß es wieder Abschiednehmen von Paris und den Freunden.

Mit gefüllter Brieftasche flog Andrè wieder zurück. Sein Auto stand noch unversehrt auf den Parkplatz. Er konnte es kaum erwarten, seine Frau in die Arme nehmen zu können.

Da er sich vom Flughafen aus angekündigt hatte, wartete Alice schon an der Auffahrt, die zu ihrem Haus führte. Sie hörte das vertraute Motorengeräusch ihres Autos schon von weitem. Kaum hatte er sie erspäht, hielt er sofort an und sprang aus dem Auto. Es folgte eine innige Umarmung und zärtliche Küsse.

„Nun steig ein mein Liebes." Sie schmiegte sich fest an ihn.

Engumschlungen gingen sie ins Haus, wo Alice einen wunderschönen Empfang für ihren Mann vorbereitet hatte. Im ganzen Raum hatte sie Kerzen aufgestellt und der Tisch war festlich gedeckt.

„Ach Liebes, ich muß noch mal schnell zum Auto raus, bin gleich wieder da."

Vor lauter Wiedersehensfreude hatte er die Blumen vergessen. Mit einem Strauß hinter dem Rücken betrat er das Zimmer. Er ging auf sie zu und überreichte ihr herrliche rote Rosen. Tränen vor Glück liefen ihr über die Wangen. „Ich danke dir mein Schatz", und gab ihm einen dicken Kuß. Es folgte ein Diner „zu zweit." Alice hatte gekocht, was sie besonders gut konnte. Andrè fühlte sich wie in einem 4-Sterne Hotel und lobte seine Frau wie immer.

„So mein Schatz, nun möchte ich aber alles wissen, was du erlebt hast."

Andrè erzählte, wie die Zeremonie vonstatten gegangen war, auch wie sich ihr Bankkonto vergrößert hatte. „Nun heißt es für mich, wieder malen, malen und nochmals malen. Aber erst beende ich dein Bild. Ich muß gleich noch hinauf ins Atelier gehen und sehen, ob es getrocknet ist, damit ich weiter malen kann."

„Ich komme mit." Und gemeinsam betrachteten sie das Werk. Es war wirklich wunderschön.

„Wo wird es stehen oder hängen?" fragte Alice.

„Na, ich denke, da werden wir schon einen guten Platz finden", tröstete Andrè.

14 Tage später kam ein Telegramm aus Paris von der Bank.

Er müsse noch einige Unterschriften leisten und es wäre sehr dringend. Andrè beschloß, gleich am nächsten Tag und ohne Alice zu fliegen, denn er glaubte, sie würde dann länger bleiben wollen und das wollte er nicht. Sie hatte auch keinen Versuch unternommen, um mitzukommen.

So fuhr er genauso wie vor Tagen mit seinem Auto bis zum Flughafen. Andrè hatte auch nicht die Absicht, Freunde zu besuchen.

Lediglich wollte er in die Wohnung gehen, wo er natürlich von Claire aufgehalten wurde. Sie lud ihn gleich zum Essen ein, was er auch nicht ablehnte. Doch Andrè drängte zum Aufbruch, da er im späten Nachmittag wieder zurück sein wollte.

Doch Alice nutzte den Tag, um sich einen langersehnten Wunsch zu erfüllen. Sie wußte aber auch, daß Andrè ihr das nie erlaubt hätte, allein mit dem Boot hinauszufahren.

Das Wetter war gut, und sie hoffte, daß Michel nicht im Bootshaus war, denn er hätte es auch nicht geduldet.

Ihre Sorge war nur, das Boot klar Schiff zu machen. Unauffällig schlenderte sie auf dem Steg hin und her. Da kam ein rettender Engel auf sie zu. Ein braungebrannter Bursche, der sicher lange Weile hatte, der sprach sie an: „Na Madame, welches Boot hätten sie denn gern?"

„Natürlich mein Boot, das hier. Würden sie mir helfen den Motor zu starten?"

„Ja und dann? Wollen sie etwa allein rausfahren?"

„Warum nicht? Das Meer ist ruhig und ganz unerfahren bin ich nicht."

„Oder was halten sie davon, wenn ich sie begleiten würde?"

„Das ist sehr freundlich, vielleicht ein anderes Mal."

Sie stieg in das Boot und der junge Mann startete den Motor. „Danke", rief sie ihm noch zu, dann brauste sie davon.

Kopfschüttelnd schaute er dem Boot nach. Er hatte kein gutes Gefühl.

Alice war stolz und glücklich, sie hatte das Steuer fest im Griff.

Es war bereits Nachmittag, und es wurde langsam Zeit umzukehren. Doch was war das? Der Motor fing an zu stottern.

Nach mehrmaligen Versuchen merkte sie, es war vergebens, — der Tank war leer. Sie hatte im Hafen versäumt, nachzusehen. Hilflos schaute sich Alice um, doch da war weit und breit keine Hilfe in Aussicht. Ein unheimlicher Gedanke an die Wahrsagerin beschlich sie. Hatte die Alte das mit dem Wasser gemeint?

Immer wieder versuchte sie den Motor zu starten, doch er blieb stumm. Auch ein Ersatzkanister war nicht im Boot. In ihrer Sorge, wie sie gerettet werden könnte, hatte sie gar nicht gemerkt, daß vom Horizont dunkle Wolken näher kamen, und schon verstärkte sich der Wind.

Plötzlich viel ihr ein, daß doch die Ruder im Boot sein müßten, die sie auch fand. Sie versuchte die Stangen einzuhängen, aber es war viel zu schwer, da der Wind immer heftiger gegen das Boot schlug. Wieder und wieder schaute sie hinaus, ob vielleicht ein Schiff zu sehen war, aber auch die Sicht wurde immer schlechter.

Eine panische Angst machte sich breit. Sie faltete die Hände und schaute zum Himmel, daß „der oben" ihr helfen möchte. Wie eine Nußschale trieb das Boot auf den Wellen. Wie weit war sie überhaupt vom Land entfernt? Der Kompaß zeigte an, daß sie nach Osten mußte, aber der Sturm trieb sie gerade entgegengesetzt. Ein heftiger Schlag einer Welle riß ihr das Ruder aus der Hand. Sie versuchte es mit dem zweiten Ruder das Boot in eine andere Richtung zu bringen. Dabei liefen ihr die Tränen der Verzweiflung über die Wangen. Eine kleine Hoffnung hatte sie noch, daß vielleicht ihr Boot im Hafen vermißt wurde, oder daß der Bursche, der ja wußte, daß sie draußen war, Hilfe bringen konnte.

Der Regen und der Sturm peitschten unaufhörlich, und es wurde dunkel um sie. „Andrè! Andrè! Bitte verzeih mir, hole mich heim! Ich werde nie wieder etwas ohne dein Wissen tun." Sie weinte laut und dann schrie sie: „Lieber Gott, rette mich und mein Kind!"

Unwillkürlich legte sie ihre Hände auf den Bauch, als wollte sie so ihr Kind schützen. Jetzt war ihr voll bewußt, daß sie gegen den Ozean verloren hatte. Plötzlich schlug das Boot, wahrscheinlich auf ein Riff. Alice wurde ohnmächtig, da sie mit dem Kopf gegen die Bordwand aufschlug. Eine Riesenwelle erfaßte das leckgeschlagene Boot und riß es auseinander und Alice wurde vom Strudel in die Tiefe gezogen. Sie hatte nichts mehr verspürt.

Ihr geliebtes Meer hatte sie für immer gefangen.

2. Kapitel

Im Bootshafen hatte der Sturm ebenfalls Schäden angerichtet. Alle Männer waren auf den Beinen, unter ihnen auch Michel.

Mit Schrecken stellte er fest, daß das Boot von den Malersleuten fehlte. Sofort befahl er als ältester Seemann, Alarm auszulösen. Er war wie von Sinnen.

Ein Fischerjungen rannte zur Kirche und zog die Glocken. Jeder im Dorf wußte, was das zu bedeuten hatte.

Das war auch ein Zeichen für die Wasserschutzpolizei und den Rettungsdienst, die auch sofort zur Stelle waren.

Michel rief: „Hat denn keiner gesehen, wer mit diesem fehlenden Boot weggefahren ist?"

Da meldete sich ein junger Bursche, der bis jetzt weinend auf dem Steg saß. Er war völlig aufgelöst und stammelte unter Tränen: „Ich, ich weiß es, es war eine junge Frau, die oben im Schlößchen wohnt. Ich wollte sie aufhalten, aber sie hat nicht auf mich gehört. Dann habe ich auch gefragt, ob ich sie begleiten soll, aber sie hat mir befohlen, den Motor anzuwerfen und dann war sie auch schon weg."

Michel war der Ohnmacht nahe. „Wo ist denn Andrè, ihr Mann?"

„Der ist heute früh ganz zeitig mit dem Wohnmobil weggefahren", wußte einer zu sagen.

„Da, da kommt er, das müßte er sein," rief ein anderer. „Um Gottes willen!" Michel schlug die Hände über den Kopf zusammen. Kurz vor der Menschenmenge hielt Andrè an und stieg aus. Die entsetzten Gesichter machten ihn ganz unsicher. Alle Männer kamen auf ihn zu und umringten ihn wie eine Mauer.

„Was ist los? Was starrt ihr mich so an? Michel, was ist geschehen?"

Michel brachte keinen Laut heraus. Ein Sanitäter kam auf ihn zu und erfaßte Andrè's Hand. Dem Maler gefror das Blut in den Adern, er wurde kreidebleich und schon sackte er zusammen. „Eine Trage!" Die Sanitäter brachten den ohnmächtigen Mann in das Auto, wo er bald wieder zu sich kam.

„Wo ist meine Frau? Reden sie schon!"

„Herr Ravèl, sie müssen jetzt ganz stark sein. Ihre Frau ist mit dem Boot ..."

„Nein, das ist nicht wahr", und wieder verlor er das Bewußtsein.

Michel kam an das Auto und sage den Männern: „Schafft ihn in das Krankenhaus, denn er kann auf keinen Fall in sein Haus, er wird psychologische Betreuung brauchen."

Inzwischen hatte sich das Meer etwas beruhigt, und das Rettungsboot und andere Boote fuhren hinaus, um vielleicht die hilflose Frau zu finden. Mit Scheinwerfern suchten sie die See ab. Stunde um Stunde verging, aber kein Signal kam vom Meer zum Land.

Schweigsam harrten die Menschen am Hafen aus. Michel und seine Caroline stützten sich gegenseitig. Einer der Fischer stimmte das Lied an, was die Männer immer sangen, wenn etwas passiert war. Nach und nach stimmten alle ein, und man vernahm einen wehmütigen Gesang, aber auch ein Schluchzen einiger Frauen. Auch Caroline konnte sich nicht zurückhalten.

Es war weit nach Mitternacht, als Lichter vom Meer zu sehen waren. Schlagartig verstummte der Gesang, und ein Murmeln ging durch die Menge. Langsam kamen die Lichter näher und jeder hoffte, daß die Rettungstrupps die Frau lebend nach Hause brachten.

Michel stockte der Atem, denn er sah in den Gesichtern der Männer, daß sie keine gute Nachricht mitbrachten.

Einer zeigte durch eine Handbewegung nach dem Heck des Rettungsbootes, wo sie ein zerschmettertes Boot im Schlepptau hatten, aber von einer Frau war nichts zu sehen.

Michel erkannte sofort das Boot von Andrè. Ein Stück vom Rumpf und der Bug war zu erkennen. Die Männer hatten festgestellt, daß der Tank leer war. Also war das der Grund, daß die Frau nicht rechtzeitig zurück konnte.

Nach den ersten Erkenntnissen war das Boot an einem Riff zerschellt, und damit hatte sie keine Chance.

Sobald es Tag würde, wollten sie mit Spezialtauchern hinausfahren und alles versuchen, die Frau zu finden.

„Gehen sie jetzt nach Hause, im Augenblick können wir nichts tun. Um 6 Uhr stechen wir dann mit den Tauchern in See.

Den Maler Ravèl hatte man in ein Krankenhaus gebracht.

Inzwischen war er auch wieder zu Bewußtsein gekommen und sofort wollte er aufstehen.

Eine Schwester hatte Mühe den Mann zu beruhigen.

Er rief immer nur den Namen: „Alice! Alice! Ich muß hier weg, meine Frau suchen."

„Jetzt müssen sie erst einmal ganz ruhig sein und gesund werden."

„Ich bin doch nicht krank."

Die Schwester fragte: „Haben sie Angehörige, die wir benachrichtigen können?"

„Nein, hier ist niemand, nur meine Freunde in Paris sollten wissen, wo ich bin."

„Können sie mir eine Adresse geben?"

„Ja", und Andrè sagte der Oberschwester die Anschrift von Robert und die von Claire, wo sie wohnten.

Pünktlich waren fast alle wieder im Hafen versammelt und wünschten der Tauchmannschaft erfolgreiche Heimkehr.

Sie steuerten ein Ziel an, wo sich laut Seekarte ein Riff befindet. Dort gingen sie vor Anker und zwei Taucher begannen mit ihrer Arbeit. Sie wurden auch bald fündig, wo das Boot zerschmettert war. Da jetzt das Meer ruhiger, und nicht so hoch war, fanden sie Teile des Bootes in einer Felsspalte.

Trotz gründlicher Suche, von einer Überlebenden oder einer Leiche war nichts zu finden. Immer und immer wieder tauchten sie hinunter, aber die starke Strömung zwang die Männer aufzugeben. An dieser Stelle war das Meer besonders tief und der Sog hatte die Frau wahrscheinlich in eine unendliche Tiefe gezogen. Schweren Herzens beschlossen die Taucher, die Suche aufzugeben. So etwas können auch hartgesottene Männer nicht so einfach wegstecken.

Ohne Erfolg kehrten sie in den Hafen zurück. Fassungslos wurde die traurige Nachricht zur Kenntnis genommen.

Michel meinte: „Wenn er seine Frau hätte wenigstens beerdigen können. Ich habe Angst um ihn, wenn er aus dem Krankenhaus kommt."

Inzwischen hatten Robert und Claire die schreckliche Nachricht erhalten. Sie beschlossen sofort nach Nantes zu fliegen und dort in das Krankenhaus zu gehen.

Sie fragten sich immer wieder, warum hatte das Krankenhaus und nicht Alice die Nachricht geschickt?

Was war eigentlich passiert?

In der Klinik angekommen, meldeten sie sich bei der Stationsschwester, die natürlich gleich die Frage stellte: „Sind sie verwandt mit Herrn Ravèl?"

„Nein, aber wir sind die einzigsten Menschen, die Ravèls noch haben, bitte sagen sie schon, können wir zu ihm?"

„Ja, aber nur im Beisein von uns, denn wir müssen erneut mit einem Anfall rechnen. Er ist sich der vollen Wahrheit noch nicht bewußt."

„Und was ist die Wahrheit?"

Stockend erzählt die Oberschwester, daß seine Frau ertrunken ist. Er denkt immer noch, daß sie irgendwo ist. Wir konnten es ihm noch nicht sagen, da wir auch erst noch abwarten müssen, bis die Seepolizei die Suche abgeschlossen hat."

„Um Gottes Willen!"

Claire fiel Robert um den Hals, der ebenfalls fassungslos mit den Tränen zu kämpfen hatte.

Nun erfuhren sie erst, daß Andrè gar nicht bei ihr war, sondern in Paris.

„Was wollte er noch mal in Paris? Davon hatte er doch gar nicht gesprochen?"

Die Schwester hatte nur erfahren, daß Herr Ravèl nur einen Tag weg war. Nun hatten Robert und Claire keinen Mut mehr, Andrè gegenüber zu treten. Was sollten sie sagen? Aber die Oberschwester meinte: „Kommen Sie, ich werde dabei sein."

Das leise Klopfen an der Tür hatte er nicht gehört, denn er hatte etwas zur Beruhigung bekommen. Erst als die Schwester ihn ansprach: „Herr Ravèl, Sie haben Besuch."

Blitzschnell drehte er den Kopf herum, und sofort erkannte er Robert und Claire. Doch im gleichen Moment schluchzte er wie ein Kind, und unter Tränen fragte er: „Habt ihr Alice gefunden?" Robert drückte ihm die Hand und schüttelte nur den Kopf.

„Nun sag uns doch, wieso warst du in Paris und nicht bei Alice?"

„Ich hatte auf der Bank zu tun und wollte gleich wieder zurück. Deshalb bin ich auch nicht zu euch gekommen. Alice muß der Teufel geritten haben, in das Boot zu steigen. Außerdem war auch der Tank nur halb voll. Niemand hat sie gesehen und aufgehalten. Sagt mir, was soll ich tun?"

„Du kannst jetzt gar nichts tun, du mußt erst deine Kräfte wieder finden und nach Hause kommen, dann werden wir weiter sehen und dir zur Seite stehen.

„Ich danke euch, daß ihr meine Freunde seit!"

Claire bot ihm an, für eine Zeit bei ihm zu bleiben, da Marcel für einen Monat im Ausland tätig ist.

Die Oberschwester fragte: „Ich kann Sie wohl jetzt mit ihm allein lassen, wenn etwas ist, melden Sie sich."

„Aber ja, ich möchte dann auch noch mit Ihnen sprechen."

„Dann kommen Sie gleich mit."

Robert ging mit ihr in das Schwesternzimmer.

„Wie lange denken Sie, muß er noch im Krankenhaus bleiben?"

„Vielleicht noch 2 bis 3 Tage, bis sich sein seelischer Zustand gebessert hat. Allerdings wird er noch Betreuung brauchen."

Robert gab zu verstehen, daß er erst einmal Fühlung nehmen muß, ob er hier bleiben will, oder ob er wieder in seine Wohnung nach Paris möchte. „Aber, so wie ich es vermute, wird er wohl hier bleiben wollen."

Inzwischen hatte Claire noch mal angeboten, für eine Zeit bei ihm zu bleiben, was er auch dankend annahm. Jedoch müßte sie aber erst noch einmal nach Hause, um Sachen zu holen.

Andrè hatte mit Robert ein längeres Gespräch. Er gab zu verstehen, daß er eine Trauerfeier für Alice haben möchte.

„Aber wir wären ja auch gern dabei, wie können wir das am besten machen?"

Andrè machte den Vorschlag: „Ihr fahrt mit dem Wohnmobil zurück und kommt alle wieder hier her. Claire will ja sowieso etwas länger hier bleiben. Ihr müßtet dann allerdings nach Hause fliegen oder fahren."

„Ja, das wäre eine Möglichkeit", meinte Robert. „Wir werden uns das noch mal durch den Kopf gehen lassen."

„Für heute, nehmt meine Schlüssel und macht es euch oben in meinem Haus bequem."

„Danke, wir sehen uns dann morgen früh und sagen dir, wie wir uns entschieden haben."

Auf dem Flur des Krankenhauses begegneten sie Michel, der auch zu Andrè wollte, um die Autoschlüssel zu bringen. Das Auto stand bei ihm im Bootsschuppen.

„Guten Tag Herr ..."

„Sagen Sie nur Michel zu mir, das ist schon in Ordnung. Fremde denken sowieso, Michel ist mein Familiennahme.

„Wie geht es Andrè?"
„Also, wie wir es sehen, ganz gut, wenn es so bleibt und er nicht später zusammenbricht, können wir alle dankbar sein. Aber ich denke das kommt noch, wenn die Trauerfeier vorbei ist", meinte Robert.

Robert und Claire machten sich auf den Weg zu Andrè's Haus. Er hatte ihnen den Schleichweg vorgeschlagen und so hatten sie das Anwesen schnell erreicht.

Ehrwürdig standen sie vor den Mauern des Schlößchens.

„Das ist ja wirklich wie geschaffen für einen Maler", staunte Robert, und Claire fügte hinzu: „Kein Wunder, daß die beiden den Sommer hier verbringen wollten, und nun ist alles vorbei, ich kann es einfach nicht fassen."

„Komm Claire, wir wollen uns erst einmal im Haus umsehen, schließlich sollen wir diese Nacht hier die Schloßherren sein."

Nachdem sie unten alles in Augenschein genommen hatten, gingen sie in die obere Etage, wo auch das Gästezimmer und das Schlafzimmer von Andrè und Alice lag. Claire entschied sich für das Gästezimmer, also blieb für Robert nur das eheliche Schlafzimmer, oder sollte er doch lieber im Wohnzimmer schlafen?

Aber erst wollten sie etwas essen. Andrè hatte ja gesagt, daß der Kühlschrank voll sei. Also, bereitete Claire ein kleines Abendbrot. Es war schon ein eigenartiges Gefühl, in einem fremden Haus, unter so traurigen Umständen zu essen.

„So, nun wollen wir uns mal darüber unterhalten, wie wir zurück kommen wollen", begann Robert das Gespräch.

„Ja, ich würde schon ganz gern mit dem Auto heim fahren, so könnten wir mit Annette, Raymond und Isabell wieder hier her fahren. Ich glaube schon, daß die zwei zur Trauerfeier mitkommen würden."

„Gut, wir nehmen Andrè's Angebot an, mit seinem Auto zu fahren."

Sie nahmen beide noch eine Dusche und bevorzugten nach diesem aufregenden Tag schlafen zu gehen.

Claire empfand das Einschlafen mit Meeresrauschen beeindruckend.

Robert dagegen hatte Mühe, den Gedanken, was mit Alice passiert war, abzuschütteln.

Gleich nach dem Frühstück machten sie sich auf, in das Krankenhaus zu kommen, wo Andrè schon aufgeregt auf sie wartete.

„Na, wie habt ihr die Nacht in meinem Haus verbracht, und wie habt ihr euch entschieden?"

„Erst einmal danke für alles, wir werden dein Angebot mit deinem Auto zu fahren gern annehmen, denn so können wir alle zusammen zurückkommen. Wir werden auch gleich aufbrechen."

„Also, dann, hier sind die Autoschlüssel und gute Fahrt."

„Ja, und hier ist dein Hausschlüssel. Mach's gut alter Freund und sei tapfer. Wie werden bald wieder da sein."

Robert sprach noch mit dem Chefarzt, der da meinte: „Zwei Tage werden wir Ihren Freund noch bei uns behalten. Wir befürchten, daß es nicht gut für ihn ist, allein da oben in seinem Haus zu sein. Wann denken Sie wieder hier zu sein?"

„Ungefähr in zwei bis drei Tagen, wenn alles gut geht."

„Na dann, eine gute Reise."

Robert war schon einmal mit Andrè's Auto gefahren, also war es für ihn nichts Neues. Sie sprachen sehr wenig miteinander, denn jeder war mit seinen eigenen Gedanken beschäftigt.

Bei Claire gab es zu Hause keine Probleme, sie brauchte nur ein paar Sachen zusammenzupacken und die Schlüssel zur Nachbarin zu geben. Auch Annette war abkömmlich. Raymond war freischaffender Künstler und konnte über seine Zeit verfügen.

Nur bei Isabell war nicht klar, ob sie einfach ein paar Tage verreisen konnte. Wenn natürlich ein Konzert oder ein Gastspiel auf ihrem Plan stand, konnte sie auf keinen Fall mit.

Die Fahrt ging reibungslos und so erreichten sie Paris am späten Nachmittag.

Robert und Claire wurden mit Spannung von Annette, Raymond und Isabell empfangen.

Obwohl es ein schmerzlicher Anlaß war, waren sie sich einig, daß sie alle mit ans Meer fahren wollten, das waren sie Alice und Andrè schuldig.

Claire ging zu Fuß in ihre Wohnung. Sie fühlte sich total einsam. Ihr Marcel war nicht da, und in Andrès Wohnung kam es ihr vor, als wenn alles gestorben ist. Sie machte sich auch Gedanken, ob Andrè je wieder zurückkommen würde.

Warum mußten die zwei glücklichen Menschen auseinander gerissen werden? Nun, wo sie endlich Nachwuchs bekommen sollten.

Liebevoll strich sie mit der Hand über ihren Sessel, und dabei rollten ihr die Tränen über die Wangen. Mit einem tiefen Seufzer ging sie zurück in ihr zu Hause. Hilflos stand sie in ihrem kleinen Wohnzimmer und wußte nicht, was sie zuerst tun sollte. Also holte sie den Koffer vom Speicher und begann zu packen.

Es läutete an der Tür und die Nachbarin stand davor.

„Du bist zurück, nun erzähle, was ist bei den Ravèls passiert?"

„Komm nur herein." Claire fiel es schwer, die ganze Wahrheit zu berichten. Beatrice war fassungslos.

„Ich fahre mit unseren Freunden wieder ans Meer und werde auch bleiben bis Marcel nach Hause kommt. Andrè will eine Trauerfeier für Alice machen. Es wird ein schwerer Tag werden, aber wir wollen ihm beistehen.

Noch lange unterhielten sich die beiden Frauen.

„Solange ich weg bin, solltest du auch Ravèls Schlüssel an dich nehmen.

Der Pastor des kleinen Fischerdorfes hatte erfahren, was dem Künstler widerfahren war und daß er Trost und Beistand benötigte.

So machte er sich auf den Weg in das Krankenhaus.

Die Oberschwester hieß den Kirchenmann willkommen und zeigte ihm das Zimmer des Malers.

Andrè war sehr überrascht, aber der Besuch war ihm auch sehr entgegenkommend. So konnte er gleich sein Anliegen vorbringen, eine Trauerfeier für Alice auszurichten.

Das war dem Pfarrer nur Recht, denn so bekam er viele seiner Schäfchen in seine Kirche. Es mußte nur der Tag festgelegt werden, alles andere war Aufgabe des Pfarrers.

„Ich werde übermorgen entlassen, und ich möchte gleich am Wochenende die Feier haben."

„Dem steht nichts im Wege, also am Freitag 10 Uhr am Hafen."

Der Pfarrer erhob sich und drückte Andrè stumm die Hand.

Ein Anruf nach Paris genügte, um Robert und den Freunden den Tag der Trauerfeier mitzuteilen.

Andrè hatte zwei Tage, um vom Krankenhaus aus Vorbereitungen zu treffen, denn früher wollte man ihn nicht entlassen. Er sollte erst mit seinen Freunden in sein Haus gehen.

Wie gerufen kam Michel mit seiner Caroline. Das waren, die ihm zur Zeit nahestehenden Personen mit denen er alles besprechen konnte.

Er bat Caroline in der Gärtnerei einen Kranz mit weißen Rosen für Freitag zu bestellen.

„Ich habe noch eine Bitte an euch, würdet ihr in mein Haus gehen und aus dem Schlafzimmer vom Nachtisch diese Babyschuhe holen? Hier sind die Schlüssel."

„Natürlich tun wir das", ohne eine Frage zu stellen, was er damit wollte. Die beiden waren verwundert, wie gelassen er den Tag entgegensah. Aber ebenso beschlich sie die Sorge, was danach kommen wird. So fanden sie es gut, daß die Frau aus Paris die erste Zeit bei ihm bleiben wollte.

Es war Freitag früh. Gegen 8 Uhr trafen die Freunde aus Paris ein. Sie hatten es bevorzugt, in der Nacht zu fahren.

In der Dorfschänke stärkten sie sich mit einem guten Frühstück. Michel hatte das Wohnmobil schon kommen sehen und machte sich gleich auf zur Schänke und begrüßte die Trauergäste.

Gemeinsam gingen sie zum Krankenhaus, um Andrè abzuholen. Es war ein schwerer Gang, denn schon beim Wiedersehen flossen die ersten Tränen.

„Ich danke euch, daß ihr alle gekommen seid."

Der Chefarzt kam und brachte die Entlassungspapiere und sagte: „Sie gestatten, daß ich Sie mit der Oberschwester auf Ihrem Gang begleite."

Robert ergriff das Wort: „Also, dann wollen wir, bist du bereit?"

Andrè nickte nur und Raymond und Robert nahmen ihn in die Mitte.

Auf dem Weg zum Hafen reihten sich viele Menschen aus dem Dorf in den Trauerzug ein, alle hatten Blumen in der Hand.

Am Platz angekommen, kam Michel mit einem herrlichen Kranz mit weißen Rosen ihnen entgegen.

Caroline hatte dafür gesorgt, daß ein Stuhl für Andrè bereit stand, den er auch in Anspruch nahm.

Der Dorfpfarrer war für die Trauerfeier bereit. Die Glocken der kleinen Kirche läuteten, und für einen Moment versank die Sonne hinter den Wolken.

Als das Glockengeläut verstummt war, begann der Pfarrer mit seiner Predigt. Auch er fragte den Herrgott: „Warum nahmst du diese junge Frau mit ihrem Kind zu dir, konntest du sie nicht davor bewahren, daß das Meer Herr über sie wurde? Aber ich weiß auch, daß sie das Meer über alles liebte, und nun hat sie ihre ewige Ruhe und Frieden mit ihm gefunden."

Es waren ergreifende Worte, die der Pfarrer sprach. Er ging auf den Maler zu und drückte ihm noch einmal stumm die Hand.

Michel und einige Fischer machten ein großes Boot startklar und halfen Andrè beim Einsteigen.

Auch seine Pariser Freunde fuhren mit hinaus, um Alice einen letzten Gruß zu erweisen.

Bevor das Boot in See stach, kamen alle auf den Steg um ihre Blumen mitzugeben. Manche warfen sie auch an der Stelle in das Wasser, wo das Ehepaar ihr Boot immer fest gemacht hatte.

Wieder läuteten die Glocken, und langsam setzte sich das Boot in Bewegung und viele kleine Fischerboote begleiteten das große Boot hinaus aufs Meer. Auch der Pfarrer war mit an Bord.

Stilles Schweigen herrschte unter den Trauernden.

Die Glocken im Dorf waren längst verstummt, und auch die Möwen waren an Land geblieben. Michel, der das Boot steuerte, glaubte, nun weit genug draußen zu sein und ging vor Anker.

Die Fischerboote versammelten sich um das Trauerschiff.

Die Männer stimmten wieder das Lied an, was sie schon einmal im Hafen gesungen hatten. Es wurde immer nur bei einem Unglück oder beim Tod eines Seemanns angestimmt.

Wind und Wellen trugen den wehmütigen Gesang hinaus aufs Meer. Der Pfarrer sprach Worte des Abschieds von dieser, aber auch vom Wiedersehen in einer anderen Welt.

Nun war es soweit.

Andrè band die Babyschuhe an den Kranz und mit Hilfe seiner Freunde ließ er den Kranz über Bord gleiten.

Es war ein rührend trauriger Anblick, wie der Kranz, gefolgt von den vielen Blumen, langsam auf den Wellen davon getragen wurde.

Andrè hielt der ganzen Aufregung nicht mehr stand. Er wurde von einem Weinkrampf geschüttelt, er war mit seiner Kraft am Ende.

Der Pfarrer sprach mit allen noch ein Gebet für die Verschollene.

Langsam drehten die Boote um und es ging zurück zum Hafen.

Es folgte die Andacht in der Kirche.

Das Gotteshaus war bis zum letzten Platz besetzt. Andrè saß teilnahmslos mit Michel, Caroline und seinen Freunden auf der vordersten Kirchenbank. Er vernahm die Worte des Pastors wie durch eine Glasscheibe und war erleichtert, als die Trauerfeier zu Ende war.

Gestützt von Robert und Raymond verließ der das Gotteshaus. Betroffen gingen auch die Trauergäste nach Hause. Michel und Caroline luden Andrè und seine Freunde zu sich in ihr Haus ein. Auch Paola sollte mitkommen, die sich bis jetzt zurückgehalten hatte.

Caroline hatte für alle einen Imbiß kommen lassen, denn es war ihr klar, daß Andrè dafür keine Gedanken hatte. Er sprach kein Wort, auch essen konnte er nichts.

Claire, Annette und Isabell machten sich Sorgen, wie er reagieren würde, wenn er in sein Haus kommt. Am Nachmittag war es dann auch soweit. Sie bedankten sich bei Michel und seiner Frau und dann fuhren sie mit dem Auto hinauf auf die Klippen.

Andrè fühlte sich wie ein Fremder. Claire schloß die Haustür auf und schaute ihn an, daß er eintreten sollte.

„Na komm, es ist dein Haus." Er ging geradewegs in das Wohnzimmer und setzte sich in den großen Ledersessel.

„Bitte laßt mich in Ruhe, kümmert euch. Ich würde mich freuen, wenn ihr noch einen oder zwei Tage dableiben könntet, Platz ist genug."

„Ja Andrè wir haben vor, Sonntag mit dem Zug nach Hause zu fahren."

Die Frauen inspizierten erst einmal das Haus, während die Männer das Anwesen von draußen in Augenschein nahmen.

„Es ist ja traumhaft hier auf der Steilküste, kein Wunder, daß es Andrè und Alice hier her zieht", bestätigte Raymond.

Auch die Frauen fanden das Haus sehr geschmackvoll.

„Das wäre so das Richtige für einen Langzeiturlaub", bemerkte Isabell.

Sie beschlossen gemeinsam hinunter in das Dorf zu gehen, um etwas einzukaufen, schließlich wollten sie bis übermorgen bei Andrè bleiben.

Da er eingeschlafen war, legten sie ihm einen Zettel auf den Tisch mit dem Hinweis „Wir sind im Dorf."

Jedoch, als sie zurückkamen war Andrè nicht mehr im Wohnzimmer. Sie konnten ihn nirgends finden. Robert kam ein Gedanke: „Wo hat er das Atelier, sollte er sich dorthin geflüchtet haben?"

Sie gingen in die obere Etage, wo sie auch die Tür zum Turm fanden. „Hier wird es sein, wollen wir es wagen?"

Leise drückte Robert die Klinke und ein paar Stufen führten hinauf zum Atelier.

Ein großer Schrecken überkam sie, denn sie fanden Andrè auf einer Liege schlafend. Neben ihm stand lebensgroß Alice als Gemälde. Das Herz zog sich ihnen bei diesem Anblick zusammen, denn das Bild war wunderschön und echt anzusehen.

Durch das Knarren des Fußbodens erwachte André,.

Als er seine Freunde sah, drehte er den Kopf gleich zur Seite und weinte bitterlich. Keiner konnte etwas sagen und so entfernten sie sich schweigsam.

Betroffen schauten sie sich an, und jeder dachte wohl das gleiche: „Wie sollte es mit ihm weitergehen?"

Erst am Abend kam er herunter. Claire empfing ihn mit den Worten: „Schön, daß du kommst, wir wollen mit dir draußen dein Anwesen einmal anschauen, dann werden wir gemeinsam Abendbrot essen."

Ohne ein Wort folgte er seinen Gästen.

Der Weg führte hinauf zum höchsten Punkt des Geländes, wo er Alice gemalt hatte.

„Ach, ist das ein schöner Platz, hier würde ich mir eine Bank aufstellen zum Träumen", meinte Annette. Nun redete auch Andrè: „Das werde ich auch tun, denn das ist der Platz, wo ich Alice gemalt habe, und von hier kann ich auf das Meer blicken, wo ihr Grab ist."

Dabei liefen ihm wieder Tränen über die Wangen.

Robert lenkte gleich ab und sagte: „Du hast ja ein herrliches Atelier, von dem du auch den Blick aufs Meer hast. Wirst du bald wieder malen?"

„Ja, sobald ihr wieder weg seit, denn ich denke bei der Arbeit werde ich doch etwas abgelenkt."

Raymond mischte sich in das Gespräch ein und fragte: „Wirst du hier bleiben, oder kommst du wieder nach Paris zurück?"

„Das weiß ich noch nicht genau, denn höchstwahrscheinlich bleibe ich für immer hier, denn hier ist Alice, und ich glaube auch, ich werde hier meinen Frieden finden. Ihr könntet doch auch hier her kommen, mein Haus steht euch immer offen."

„Das ist ein Angebot, wir werden darauf zurückkommen", sagte Annette und auch Isabell und die Männer stimmten dem zu.

Schon war Sonntag früh, und es hieß Abschied nehmen.

Andrè fragte bei Michel an, ob er seine Freunde nach Nantes zum Bahnhof fahren würde.

„Aber natürlich, das ist doch selbstverständlich, ich komme sofort."

Für Claire war es nun doch ein bißchen eigenartig hier zu bleiben und nicht mit den anderen nach Hause zu fahren.

Aber versprochen war versprochen, zumal ihr Marcel auch nicht da war.

Es folgte eine herzliche Umarmung und wieder flossen bei Andrè Tränen. Michel drängte zum Aufbruch, um den Abschied nicht in die Länge zu ziehen.

„Also, alles einsteigen bitte", und schon rollte das Auto den schmalen Weg hinunter.

Jetzt konnte auch Claire die Tränen nicht mehr unterdrükken.

Andrè legte seinen Arm um sie und fragte: „Wärst wohl lieber mitgefahren?"

„Nein, nein, das ist schon in Ordnung", und sie gingen ins Haus zurück. Claire machte die Zimmer wieder in Ordnung und fragte ihn: „Ist es dir recht, wenn ich das Gästezimmer in Beschlag nehme?"

„Ja, mach es dir nur gemütlich."

Es läutete an der Haustür und Paola bat um ein Gespräch mit Herrn Ravèl. Claire forderte sie auf hereinzukommen.

„Wir haben uns doch bei der Trauerfeier gesehen, einen kleinen Moment, ich werde ihm gleich Bescheid sagen, daß Sie da sind."

„Andrè kommst du mal bitte? Frau Paola ist da." Claire zog sich diskret zurück.

„Ich grüße Sie Paola, was haben Sie auf dem Herzen?"

Jetzt, wo er vor ihr stand, wußte sie gar nicht was sie sagen sollte.

„Ja, ich, ich wollte nur wissen, ob sie mich jetzt noch brauchen, wo doch die Frau aus Paris da ist?"

„Aber natürlich brauche ich Sie weiter in meinem Haus, sicher noch viel öfter, wenn Sie können. Frau Claire bleibt doch nur für 3 Wochen da und macht gleich ein bißchen Urlaub bei uns. Wenn sie wollen, können Sie gleich die Wäsche machen, denn es ist ja durch meine Gäste allerhand angefallen."

Er bemerkte, daß ein Lächeln in ihrem Gesicht zu sehen war. Also war ihre Welt wieder in Ordnung.

Andrè zog sich in sein Atelier zurück, aber zum arbeiten hatte er noch keinen Trieb.

Eigentlich hätte er längst beginnen müssen, denn er hatte einen Jahresauftrag angenommen, was auch sein Lebenswerk werden sollte. Es handelte sich um ein Panoramagemälde für das Museum der Künste in Paris. Die Geschichte Napoleons, die Schlacht bei Belle Alliance, wo Napoleon als Kriegsgefangener nach St. Helena gebracht wurde. Nach seinem Tod 1821 wurde er in den Invalidendom in Paris beigesetzt.

Für diese Arbeit brauchte Andrè gute Vorbereitung und Kraft.

Aber wer sollte ihm nun Kraft geben? Es war immer Alice gewesen, die ihn inspirierte. Oft hatte sie bei ihm gesessen und nur zugeschaut. Heute saß er an seinem Fenster und schaute hinaus aufs Meer und verlor sich in Träume. Träume, wie Alice neben ihm saß und ihr Kind in den Armen wiegte.

Ein Autogeräusch holte ihn wieder in die Wirklichkeit zurück. Michel war mit dem Auto auf den Hof gefahren.

„Wo ist der große Meister?" fragte er Paola, die gerade Wäsche aufhängen wollte.

„Er ist oben im Atelier, gehen Sie doch ruhig hinauf", was er auch tat.

„Hallo Andrè, ich soll noch mal viel Dankesgrüße ausrichten, und hier ist der Schlüssel. Na, wieder bei der Arbeit?"

„Ach Michel, wie soll ich arbeiten ohne Sie?"

„Aber Andrè, so hart wie es auch klingt, die Welt dreht sich weiter – malen Sie, und Alices Gemälde schaut zu. Sie würde bestimmt nicht wollen, daß Sie aufgeben und im Schmerz versinken. Morgen komme ich wieder und möchte einen Anfang sehen." Andrè nickte nur darauf.

Claire hatte gekocht und rief Andrè zum Essen. Er kam herunter, aber er saß vor seinem Teller und er brachte keinen Bissen in den Mund. „Nun bitte Andrè, essen mußt du schon, sonst kann ich gleich nach Hause fahren." Das war das Stichwort.

„Nein, es ist gut, daß du kochst, ich werde auch essen."

Aber kaum war sein Teller leer, dankte er kurz und verschwand wieder.

Claire dachte, er wird sicher in sein Atelier geflüchtet sein, aber nein, er ging nach draußen. Wo will er denn hin?

Paola, die gerade aus dem Garten kam sagte: „Er ist sicher hinunter ins Dorf, denn er nahm den kurzen Weg."

Die beiden Frauen gingen ihrer Arbeit nach und hofften, daß er bald wieder zurückkommen würde.

Doch als er am späten Nachmittag noch immer nicht wieder da war, machten sie sich Sorgen und beschlossen, zusammen hinunter in das Dorf zu gehen. Sie schlossen das Haus ab und machten sich auf den Weg. Zuerst gingen sie zu Michel und Caroline, aber dort war er nicht.

„Ich kann mir denken, wo er ist, ich vermute, er ist im Hafen bei den Booten." Michel schloß sich den Frauen an, und sie machten sich auf die Suche. Michel hatte recht. Sie fanden ihn am Ende der Anlegestelle, wo er zusammengesunken saß.

„Aber Andrè, was machst du denn hier draußen? Es ist doch schon Abend, und die Frauen machen sich Sorgen, wenn du so lange wegbleibst. Komm wir gehen nach Hause." Claire half ihm auf. Wortlos ließ er sich unterhaken, und wie ein ertappter Schulbub ging er mit.

Daheim angekommen, verkroch er sich in seinem Atelier.

An diesem Abend kam er auch nicht zum Abendbrot herunter.

Claire klopfte an seiner Tür und bat ihn wenigstens zum Essen zu kommen.

„Bitte verzeih mir, aber laß mich bitte heute allein."

„Hast du wenigstens etwas Trinkbares oben?"

„Ja, ja, mach dir keine Sorgen."

„Gute Nacht Andrè, ich erwarte dich morgen früh zum Frühstück."

Claire fühlte sich nicht sonderlich gut, denn sie befürchtete, daß Andrè ihre Anwesenheit gar nicht wollte.

Am nächsten Morgen kam er dann doch herunter. Claire hatte den Frühstückstisch auf der Terrasse gedeckt, denn es war ein lauer Frühlingsmorgen. Von hier hatte man den Blick auf das Meer, und alles sah so friedlich aus.

„Guten Morgen Andrè, schön, so können wir zusammen frühstücken, ich habe auf dich gewartet."

„Auch einen guten Morgen Claire, ich danke dir für dein Verständnis. Ich möchte mich für mein gestriges Verhalten entschuldigen."

„Ist schon gut, nun setz dich und lange ordentlich zu."

Claire schien es, als wenn er heute besser drauf ist und so fragte sie: „Was hast du heute vor? Wirst du malen?"

„Eigentlich wollte ich eine Bank zimmern. Michel wollte kommen und vielleicht hilft er mir dabei, denn er hat doch mehr Ahnung als ich."

„Hinten im Garten steht noch eine, warum nimmst du die nicht?"

„Du weißt doch schon besser Bescheid in meinem Grundstück als ich, die werde ich mir gleich mal ansehen", und er ging hinaus.

Es dauerte auch nicht lange, da kam er mit der Bank unterm Arm zurück und brachte sie dorthin, wo er Alice gemalt hatte. Gleich probierte er aus, wie sie am besten stand.

Claire folgte ihm und sie mußte begutachten, ob es der richtige Platz war.

„Ja, so muß sie stehen, gegenüber diesem Stein. Darauf will ich eine Tafel mit ihrem Namen anbringen lassen, und so ist es wie ein Grabstein." Ganz gefaßt sprach er diese Worte und Claire mußte bestätigen, daß das eine gute Idee war.

Nun wollte André sein Versprechen gegenüber Michel halten und mit der Arbeit beginnen. Also ging er in sein Atelier und holte eine große Rolle Papier hervor, denn für das Wandbild mußte er schon Skizzen anfertigen. Später wird das dann auf Leinewand übertragen und aus mehreren Teilen zusammengefügt. Schließlich sollte es eine Gesamtlänge von 10 Metern haben.

Der Künstler schätzte ein, daß er bis zwei Jahre daran arbeiten würde.

Es war ein lauer Frühlingsabend und Andrè hatte mit Claire draußen zu Abend gegessen, und jeder hing seinen eigenen Gedanken nach.

Sie dachte mit etwas Wehmut daran, daß ihre Zeit hier am Meer bald zu Ende war, und sie fragte Andrè: „Wirst du dir auch etwas zu essen machen, wenn ich nicht mehr da bin?" Nach langen Überlegen sagte er: „Ich habe mir auch schon Gedanken gemacht, wie ich das neben meiner Arbeit alles schaffen soll. Ich kann zwar kochen, aber oft wird mir die Zeit dazu fehlen."

„Wenn du nun Paola fragst, ob sie jeden Tag kommen würde, vielleicht wäre sie froh darüber? Ich möchte das gern noch geklärt haben, bevor ich wieder abreise."

„Da ich mich entschlossen habe, für immer hier am Meer zu leben, werde ich über kurz oder lang meine Wohnung in Paris auflösen. Wie wäre es denn, wenn wir zusammen, wenn du zurück mußt, mit dem Auto fahren?"

„Das wäre schon schön, da muß ich nicht mit dem Zug fahren. Aber hast du dir das auch reichlich überlegt, deine Wohnung so schnell aufzugeben?"

„Ich denke schon, je länger ich warte, umso schwerer wird es mir fallen. Außerdem möchte ich dann nicht aus der Arbeit gerissen werden. Wenn Paola heute kommt, werde ich sie fragen, ob sie nach meiner Rückkehr jeden Tag kommen würde und als meine Haushälterin arbeiten möchte. So, nun komm, ich möchte noch ein Weilchen hinauf auf die Bank gehen. Ich würde mich freuen, wenn du mich begleiten würdest."

„Ja gern, ich dachte nur, daß du dort allein sein wolltest, deshalb habe ich nichts gesagt."

Andrè holte ein paar Blumen aus dem Garten, die er an den Stein stellen wollte. Schweigsam erlebten sie den Abend. Claire lauschte dem Meeresrauschen. Andrè dagegen fühlte sich ganz nah bei Alice.

Es war schon längst dunkel und die ersten Sterne funkelten schon am Himmel.

Claire brach das Schweigen. „Schau Andrè, da drüben, hinter der Bucht auf der Anhöhe, leuchtete eben ein Licht auf. Ich habe gedacht, es sei eine Ruine, aber da scheinen Leute zu wohnen."

„Ist schon möglich, ich habe mich bis jetzt nicht darum gekümmert. Ein Haus haben wir auch gesehen, aber ob es bewohnt ist, keine Ahnung. Wenn es dich interessiert, können wir ja Michel und Caroline fragen, die werden schon wissen, ob dort jemand einen festen Wohnsitz hat. - So, nun wird es aber Zeit ins Haus zu gehen, denn es kommt eine kühle Brise vom Meer. Gute Nacht Claire."

„Gute Nacht Andrè."

Er schlief übrigens immer noch im Atelier.

Am folgenden Tag kam Paola schon am Vormittag und brachte frisches Gemüse vom Markt.

„Das trifft sich gut, da wissen wir gleich, was es zu Mittag gibt", lobte Claire, übrigens Herr Ravèl möchte mit ihnen sprechen, gehen Sie nur mal rauf."

Paola klopfte das Herz bis zum Hals. Wollte er sie vielleicht nicht mehr beschäftigen. Zaghaft klopfte sie an.

„Herein, ach Sie sind es, das trifft sich gut, ich möchte

mit Ihnen reden, nehmen Sie Platz. Ich werde nächste Woche, für eine Woche nach Paris fahren. In dieser Zeit möchte ich, daß Sie mein Haus hüten, und wenn ich zurück bin brauche ich jemanden, der jeden Tag herauf kommt und sich um alles kümmert, vor allem ums Kochen. Würden Sie das tun?"

Paola atmete auf, denn es war keine Entlassung, im Gegenteil, er brachte ihr großes Vertrauen entgegen. Freudig stimmte sie zu, denn das war für sie ein festes Einkommen.

„Gut, also abgemacht", und mit einem Handschlag wurde dies besiegelt.

Gleich erzählte sie es Claire, daß sie das Haus, während seiner Abwesenheit hüten soll.

„Sehen sie, was dem einen Leid, ist dem anderen seine Freud."

Gemeinsam bereiteten die Frauen das Mittagessen vor. Claire stellte fest, daß Paola eine ganz patente Frau war, und sie war froh, daß Andrè mit ihr eine gute Wirtschafterin gefunden hatte. Andrè kam sogar zum Essen runter und lobte die Köchinnen.

Am Nachmittag kam Michel und Caroline und wollten sehen, ob der große Meister wieder malte. Andrè erklärte seinen Besuchern sein Werk.

„Das ist ja gewaltig, was sie da vorhaben", und Michel wünschte ihm dazu viel Kraft.

„Übrigens, nächste Woche werde ich mit Claire nach Paris fahren. Ich habe vor, meine Wohnung aufzulösen, denn ich möchte für immer hier wohnen, ... denn hier ist Alice."

„Das ist ein guter Entschluß, und der Ort wird stolz sein, einen großen Künstler in ihrer Mitte zu haben."

Claire wandte sich an Caroline und fragte, „ob sie wisse, wer da drüben an der Küste wohnt."

„Ja, jeder will etwas wissen, aber keiner weiß etwas Genaues.

Es wird soviel erzählt. Eigentlich kümmert sich niemand

um die Leute, denn sie leben von allen abgeschieden. Wir wissen nur, soviel der Mann ist ein Künstler, ein Komponist, der mit seiner stummen Tochter und seiner Haushälterin schon seit Jahren da oben wohnt.

Seine Frau, eine Zigeunerin, hat Mann und Kind verlassen. Es wird erzählt, daß sie die Schuld trage, daß ihr Kind stumm geworden ist.

„Was, sie war also nicht von Geburt aus stumm?"

„Nein, die damals 5jährige Maria soll ein furchtbares Erlebnis gehabt haben. Das muß doch ihr Vater jemanden erzählt haben. Es hat ja auch niemand, außer der Haushälterin, dem Privatlehrer oder dem Arzt, Zugang zum Anwesen gehabt. Nun sind ja auch schon viele Jahre ins Land gegangen, und so nach und nach kommt es in Vergessenheit. Manchmal sehe ich die Frau auf dem Markt, aber sie spricht mit keinem im Dorf."

Paola war nun auch neugierig und fragte: „Wissen Sie denn, was dem Kind passiert war?"

„Ach, es fällt mir schwer darüber zu reden, aber ich will es versuchen. Die kleine, damals 5jährige Maria wäre in der Nacht aufgestanden, um vielleicht etwas zu trinken. Da soll sie das Stöhnen der Mutter gehört haben, und Zeuge geworden sein, wie Vater und Mutter nackt auf dem Teppich eine wilde Orgie getrieben haben. Sie hat ansehen müssen, wie Papa ihre Mama gejagt hat und sie dann zu Boden geworfen und auf ihr gekniet hat. Nun kann man sich vorstellen, wie das in so einem kleinen Kinderkopf angekommen ist. Sie hat bestimmt gedacht, daß er der Mama sehr weh getan hat. Darauf hat sich das Kind in ihrer Angst entfernt und ist aus dem Haus gelaufen, hinaus in die Dunkelheit der Nacht. Dabei ist sie an den Rand der Klippen gekommen und ist abgestürzt. Bewußtlos hat das arme Kind dann bis zum nächsten Tag gelegen. Erst als die Mutter ihr Bettchen leer vorgefunden hat, und vor dem Haus ein Schuhchen liegen sah, haben die Eltern mit der Suche begonnen, bis sie ihr Kind in einer Felsschlucht fanden. Unter großen Schwierigkeiten haben sie die kleine Maria geborgen und einen Arzt gerufen.

Vorerst konnten sich die Eltern nicht erklären, was das Kind bewogen hatte, in die Nacht hinauszulaufen.

Durch viele Fragen des Arztes hatte der Vater dann eine Ahnung, daß sie womöglich ihr Liebesspiel beobachtet hatte. Maria kam ins Krankenhaus, aber helfen konnte die Ärzte nicht, das Kind blieb stumm. Erst dachten sie ja, daß sie bockig war und nicht reden wollte, aber schnell stellten sie fest, daß das traumatische Erlebnis und der Sturz dran Schuld waren. Die Eltern versuchten mit allen Mitteln, Maria ein Wort zu entlocken, aber alles war vergebens. Zum Glück war ihr Gehör wenig beeinträchtigt, so konnten sie wenigstens mit ihr reden, was sie auch verstand.

Das Kind hat nie gelernt, mit anderen Kindern zu spielen, denn sie wurde von allen Menschen ferngehalten. Ein Privatlehrer kam ins Haus und brachte ihr fast alles bei, was auch andere Kinder lernten. Was ihr jedoch fehlte, war Liebe, die sie auch von ihren Eltern kaum bekam. Der Vater war ständig auf Tournee und so hatte die Mutter zu viel Freiheit, die sie auch schamlos ausnutzte, denn mit der Treue nahm sie es nicht so genau. Eines Tages war sie verschwunden und kam nie mehr nach Hause zurück.

Maria war sehr einsam, denn sie lebte nur mit ihrem Vater und der Haushälterin zusammen. Jetzt müßte Maria ungefähr 17 oder 18 Jahre alt sein, also schon eine junge Frau. Man sagt, sie soll sehr schön sein."

Alle hatten Caroline ganz gebannt gelauscht und waren sehr beeindruckt.

⋄⋄⋄⋄⋄

Andrè und Claire rüsteten zur Fahrt nach Paris.

Claire hatte gerade noch Gelegenheit, sich von Michel und Caroline zu verabschieden.

Andrè war fest entschlossen, seine Wohnung in Paris aufzulösen. Paola bekam die Vollmacht für das Haus und ein gutes Startgeld.

Die beiden Frauen umarmten sich zum Abschied und allein blieb Paola zurück.

Für sie war es schon komisch in dem großen Haus vorrübergehend die Hausherrin zu sein.

Im Dorf munkelte man so allerlei, aber das beeindruckte sie auf keine Weise, denn sie hatte sich ja gar nichts vorzuwerfen.

Mit frischem Elan begann sie das Haus von unten nach oben und oben nach unten in Ordnung zu bringen. Jedoch das Atelier betrat sie nicht, denn sie wußte, das war sein Heiligtum. Aber einmal öffnete sie die Tür, um nur einen kurzen Blick hinein zu werfen. Ja, da stand sie, die schöne Frau Alice an ihrem alten Platz. Sie wagte keinen Schritt näher zu gehen und schnell schloß sie die Tür wieder zu.

Als der Abend kam, war es ihr nicht ganz wohl allein in diesem Haus zu sein. Zeitig schloß sie die Fensterläden, damit niemand von Außen hineinschauen konnte. Im oberen Stockwerk zog sie nur die Vorhänge zu. Nur einen kleinen Spalt ließ sie offen, damit sie den Weg, der nach oben zum Haus führte, im Auge behalten konnte. Aber wer sollte eigentlich kommen? Es kam ja sonst auch keiner und bald hatte sie der Schlaf übermannt.

Ganz erstaunt, aber auch erleichtert war sie, als die Sonne durch die Gardinen blinzelte. Nun war auch die Angst verschwunden. Als sie beim Frühstück war, klingelte das Telefon. „Hier bei Ravèl."

„Ja Hallo, hier ist er auch persönlich, guten Morgen Paola, ist alles in Ordnung? Haben sie auch gut geschlafen?"

„Auch Guten Morgen, Herr Ravèl, es ist alles Bestens."

„Na, da bin ich ja beruhigt. Wir sind gut hier angekommen und ich soll sie nochmals herzlich von Claire grüßen. Wenn irgend etwas ist, rufen sie mich an, meine Nummer haben sie ja. Auch werde ich wieder von mir hören lassen. Also, bis zum nächsten Mal, Servus."

„Servus, Herr Ravèl", und schon war am anderen Ende aufgelegt.

Marcel, Claires Mann, war schon einen Tag früher von seiner Reise zurückgekommen und er empfing seine Frau nicht gerade freundlich. Was war los mit ihm? Er hatte es doch auch befürwortet, daß sie während seiner Abwesenheit bei Andrè bleiben sollte. War er am Ende eifersüchtig auf seinen Freund? Oder hatte er selbst Schuldgefühle?

Claire wußte nicht, was sie denken sollte. „Willst du nicht mal rüber zu Andrè gehen und ihm dein Beileid aussprechen?"

„Ja, ja, das werde ich schon tun." Und er ging aus dem Zimmer. Es dauerte auch gar nicht lange, da kam er schon wieder zurück.

„Möchtest du nicht wissen, wie das mit Alice überhaupt passiert ist?"

„Schon, du wirst es mir sicher gleich erzählen."

„Aber wie erfolgreich war eigentlich deine Reise? Das würde mich auch interessieren."

„Wir werden heute abend darüber reden, jetzt muß ich noch mal weg."

Das fand Claire schon eigenartig, denn das war ganz ungewöhnlich. Sollte er gar? Ihr kamen die dümmsten Gedanken.

Sie beobachtete ihn vom Fenster aus soweit sie ihn verfolgen konnte. An der Ecke verschwand er in eine Telefonzelle. Also, das war für sie schon eine komische Sache, denn sie hatten doch selbst Telefon und außerdem hat er ja auch sein Handy. Claire war tief erschüttert und ihr war gar nicht wohl. Sollte sie ihn einfach zur Rede stellen, warum er nicht von zu Hause telefonieren kann?

Aber dann dachte sie, daß es besser sei, erst einmal zu warten, vielleicht klärt sich alles von selbst auf. Doch als er nach einer Stunde immer noch nicht zurück war, ging sie zu André.

Als sie seine Wohnung betrat, war sie erneut erschüttert, denn sie fand ihn in einer Verfassung vor, was sie zu großer Besorgnis erregte.

Er lag auf dem Bett und schluchzte laut in die Kissen. „Andrè, bitte steht auf." Sie strich ihm übers Haar und versuchte ihn zu trösten. Sicher hatte er sich das alles leichter vorgestellt, als er sich entschlossen hatte, die Wohnung aufzulösen.

Doch nun, wo er all die Sachen von Alice sah, das Bett, wo sie mit ihm geschlafen und geliebt hatte, die Möbel, die sie berührt hat, das alles war ein Stück von ihr.

„Laß mich bitte für heute allein, ich kann nichts tun."

So ging sie mit ihren eigenen Sorgen zurück in die Wohnung.

Nach gut zwei Stunden kam Marcel zurück. Er war nach wie vor wortkarg. Claire ließ es keine Ruhe mehr und fragte ihn auf den Kopf zu: „Hast du Ärger mit der Firma? Willst du nicht mit mir reden?"

„Da gibt es nicht viel zu reden, das Projekt ist einfach schief gelaufen, und ich trage die Hauptverantwortung. Ich war schon auf der Bank, denn man will mich für den finanziellen Schaden verantwortlich machen."

„Aber du hast doch im Auftrag des großen Bosses gehandelt!"

„Ja schon, aber denkst du die Großen haben Schuld, die ziehen sich immer aus der Schlinge. Morgen findet eine Verhandlung statt."

„Fühlst du dich denn schuldig?"

„Nein ganz entschieden nicht."

„Na, warte nur erst einmal ab, sicher wird sich alles aufklären."

Der Abend verlief nicht so, wie es sich Claire nach der langen Trennung vorgestellt hatte.

Der nächste Tage brachte für sie noch mehr Enttäuschung.

Sie fand beim Auspacken seiner Sachen einen Zettel mit dem Spruch: „Wann kommst du wieder, es war so schön mit Dir."

Ihr Herz zog sich vor Schmerz zusammen, hatte sie es doch fast geahnt. War das mit der Firma nur ein Vorwand?

Zu Andrè konnte sie mit dieser Sache nicht gehen, aber zu Robert, vielleicht weiß er etwas.

Sie machte sich auf den Weg zu ihm. Er erschrak, als sie vor der Tür stand, und er machte auch keine Geste, sie hereinzubitten. Das machte sie stutzig und so verschaffte sie sich selbst Zutritt zur Wohnung. Betroffen folgte er ihr zum Wohnzimmer. Es war nicht zu fassen, da saß ihr Ehemann gemütlich bei einem Glas Rotwein.

„Kannst du mir mal erklären was das soll? Findet etwa hier deine Anhörung statt?"

Beide waren sprachlos, denn damit hatten sie nicht gerechnet. „Bitte keine Ausreden, ich weiß alles!"

Das machte Marcel noch unsicherer, was wußte sie wirklich? Hatte es noch Sinn zu leugnen?

„Das mit der Firma war schon so, jedoch nicht so schlimm, wie ich es dir gesagt habe." Er wollte versuchen, ihr das zu erklären, aber es gelang ihm nicht.

„Da gibt es keine Ausreden, noch Entschuldigungen. Du hast meine Liebe zu dir mit Füßen getreten."

Robert stand kopfschüttelnd, wie ein begossener Pudel daneben und brachte kein Wort heraus.

„Bitte Claire, ich kann dir alles erklären, es ist nicht so wie du denkst."

„Ach, was war denn da so schön? Du kannst deine Koffer packen und wieder verschwinden", und unter Tränen lief sie hinaus.

Als sie zu Hause ankam begegnete sie Andrè an der Tür, der gerade zu ihr wollte.

„Was ist geschehen, du hast geweint? Komm herein und erzähle."

Erneut brach sie in Tränen aus und stockend erzählte sie, daß Marcel sie schamlos betrogen hatte.

Andrè war fassungslos, das hatte er nicht von ihm erwartet. „Was willst du tun?"

„Ich weiß es nicht, habe zwar gesagt, er soll seine Sachen packen, ich weiß einfach nicht was ich tun soll."

Es dauerte auch nicht lange, da kam Marcel, und Robert begleitete ihn. Da Claire nicht in der Wohnung war, klopfte er bei Andrè.

„Ist Claire bei dir?"

„Kommt nur erst einmal herein. Alle Drei standen sich ratlos gegenüber, bis Andrè die Situation unterbrach.

„Ich rate euch, überstürzt nichts, sprecht euch erst richtig aus, helfen kann ich euch dabei nicht."

„Claire, wenn du in der Lage bist, könnte ich dich brauchen, mir zu helfen, die Sachen von Alice sortieren. Einiges möchte ich mitnehmen."

Jetzt fand Robert die Worte wieder und fragte seinen Freund: „Willst du wirklich deine Wohnung hier auflösen? Warum vermietest du sie nicht gleich möbliert, da hättest du noch eine dauerhafte Mieteinnahme."

„Daran habe ich überhaupt nicht gedacht, das ist eine gute Idee, du kannst gleich meinen Verwalter machen. Verschiedene Dinge nehme ich natürlich mit, soviel ich in das Auto bekomme."

„Wann willst du wieder zurück?"

„Ja, sobald ich mit Packen fertig bin. Anschließend will ich noch zur Bank, damit meine Konten alle nach Nantes übermittelt werden. Kommst du morgen mal vorbei, damit ich dir die Wohnung zur Vermietung übergeben kann?"

„Ruf mich an, wenn du soweit bist."
„Einverstanden!"
Robert ging nach Hause, Claire in ihre Wohnung, und Andrè blieb zurück mit seiner Arbeit.

Den Intarsientisch wollte er auf jeden Fall mitnehmen, auch die Kaminuhr und verschiedenes Porzellan, den Fernseher, einen kostbaren indischen Teppich, Wäsche und vor allem die Sachen von Alice.

Als Claire zum Helfen kam, war Andrè schon fast fertig, aber sie half ihm dann noch beim Einpacken des Porzellans.

„Bevor ich die Kleider einpacke, sollst du dir etwas Aussuchen."

„Nein, Andrè, auf keinen Fall, ich könnte es nicht ertragen, in den Sachen von Alice herumzulaufen. Ich verspreche dir immer eine gute Freundin zu sein. Was ich gerne nehmen würde, sind einige Pflanzen vom Balkon."

„Die sollst du haben."

Am nächsten Tag erledigte er alle Bankgeschäfte.

Ein Besuch bei Raymond und Isabell war noch offen. Die zwei bedauerten sehr, einen guten Freund zu verlieren, aber sie konnten es auch verstehen, daß er dort sein wollte, wo seine Alice ist.

„Ich biete euch mein Haus an, wo ihr zu jeder Zeit Urlaub machen könnt."

„Danke, alter Freund, wir wünschen dir alles Gute und hoffen, daß wir uns wiedersehen."

Claire und Marcel hatten noch eine heftige Aussprache und er versprach, daß so etwas nicht wieder vorkommen würde. Er hatte es geschafft, daß Claire ihm diesen Seitensprung, wie er es nannte, noch einmal verzieh.

Robert hatte sich schon, betreffs eines Nachmieters für Andrès Wohnung umgehört. Er kam mit einem Ehepaar zum Ansehen der Wohnung.

Andrè war sehr überrascht, so schnell einen Nachfolger zu finden.

Robert bekam sämtliche Vollmachten für die Wohnung.

Die jungen Leute waren begeistert von der Mansarde und dem Preis. Bisher bewohnten sie nur zwei kleine Zimmer im Erdgeschoß, wo nie ein Sonnenstrahl hereinkam. Da war diese Wohnung wie ein Geschenk des Himmels.

So konnte Andrè seine Mieter noch kennen lernen und es wurde alles noch mit einem Vertrag besiegelt.

Das Auto wurde beladen und die Rückfahrt konnte starten.

Es ging an das große Abschiednehmen. Am meisten litt Claire unter der Trennung, denn sie war diejenige, die täglich mit Andrè und Alice zusammen war.

Marcel hatte sich an diesem Morgen aus dem Staub gemacht. Es war ihm sicherlich peinlich vor seinem Freund, daß er seine Frau hintergangen hatte.

„Nun weine nicht Claire, du kannst mich zu jeder Zeit besuchen, mein Haus steht dir immer offen."

„Danke ich wünsche dir eine gute Fahrt und vergiß uns nicht!"

An diesem Tag war mit ihr nicht zu sprechen, der Abschied von Andrè machte ihr sehr zu schaffen.

3. Kapitel

Für den großen Maler, Andrè Ravèl, begann ein neuer Lebensabschnitt. Er kehrte entgültig in das Haus am Meer zurück, wo er für immer arbeiten und leben wollte.

Paola war froh, daß der Hausherr so schnell zurück war, denn für sie war es schon gewöhnungsbedürftig, in dem großen Haus allein zu sein.

Andrès erster Weg führte hinauf an seine Bank.

Paola hatte den Stein mit frischen Blumen geschmückt, was ihn sehr freute und doch zu Tränen rührten. Er bedankte sich bei ihr für die nette Geste.

Sie half ihm beim Entladen des Autos und war erstaunt, was er alles mitgebracht hatte,

„Möchten Sie noch etwas essen? Ich habe gedacht, daß Sie heute nicht zum Essen gekommen sind."

„Da haben Sie ganz recht, eine warme Mahlzeit werde ich nicht abschlagen, aber dann gehen Sie erst einmal nach Hause und ruhen sich aus."

„Ich würde aber gern bleiben, wer soll denn sonst auf sie aufpassen, daß Sie auch ordentlich essen?"

Andrè konnte sich ein Lächeln nicht verkneifen und sagte: „Gut, dann bleiben Sie da."

Paola fragte noch: „Wann wünschen Sie das Frühstück?" Nach kurzem Überlegen sagte er: „Um 8 Uhr bitte."

„Ist recht."

Zeitig zog sich Andrè an diesem Abend zurück und wünschte Paola eine gute Nacht.

Von nun an verlief im Hause „Ravèl" alles still und ruhig.

Sie las ihrem „Herrn" alle Wünsche von den Augen ab. So konnte er ungehindert seiner Arbeit im Atelier nachgehen. Er kam nur zu den Essenszeiten herunter. Anschließend ging er für eine halbe Stunde hinauf zu seiner Bank. Dort hielt er Zwiesprache mit Alice und tankte neue Kraft für seine Arbeit.

Ab und an kamen Michel und Caroline zu einem kurzen Besuch herauf. Das waren die einzigsten Leute mit denen er Kontakt pflegte.

Herunter in das Dorf kam er selten.

So ging der Sommer langsam zu Ende und der Herbst schickte schon oft eine steife Brise vom Meer zum Festland.

Andrè arbeitete von früh bis spät an seinem Wandgemälde, denn er wollte es in einem Jahr schaffen. Dann würde er noch einmal nach Paris fliegen und sein Lebenswerk der Nachwelt präsentieren. Aber bis dahin war es noch ein weiter Weg.

※※※

Für Andrè begann eine ganz schlimme Zeit, die Advents- und Weihnachtszeit. In diesem Jahr sollte es eine ganz Besondere sein, denn sie wären doch zu dritt gewesen. Nun stand er allein da.

Paola versuchte mit allen Mitteln das Haus weihnachtlich zu schmücken.

Michel und Caroline luden ihn und Paola zu den Adventssonntagen ein, aber auch das schlug er ab. Er entschuldigte sein Verhalten mit den Worten: Er müßte arbeiten.

Sie machten sich ernsthaft Sorgen, wie das mit ihm weiter gehen sollte. Auch für Paola war es nicht einfach, denn sie fühlte sich sehr hilflos, letztendlich war auch sie einsam, aber sie ist eine starke Frau und hoffte, daß er sich eines Tages wieder fangen würde. Sie gab nicht auf, hat gebakken, gebraten und die Feiertage vorbereitet.

Am Heilig Abend entschloß er sich, zur Christvesper zu gehen.

Er fragte Paola: „Kommen sie mit, es wird uns beiden gut tun, Trost und Kraft zu schöpfen?"

„Ja, gern, ich hatte auch vor in die Kirche zu gehen. Wir könnten Michel und Caroline abholen, die würden sich bestimmt freuen, sie zu sehen."

So machten sie sich hinunter in das Dorf. Überall leuchteten Christbäume und dichte Schneeflocken hüllten die Erde in ein weißes Winterkleid.

Die alten Leutchen waren ganz überrascht und erfreut zugleich, daß er sich entschlossen hatte, unter Menschen zu gehen. Sie begrüßten sich nur kurz, denn die Glocken läuteten und mahnten zur Eile. An diesem Abend war das Gotteshaus bis auf den letzten Platz besetzt.

Andrè saß still in seiner Bank und es schien, als wenn er von dem, was da gesagt und gesungen wurde, nur wenig mitbekam. Er hing seinen eigenen Gedanken nach. Sicher waren sie bei Alice, die da draußen, irgendwo im eisigen Meer lag.

Caroline bemerkte das er weinte und immer wieder sein Taschentuch suchte.

Am Ende der Christvesper hatte auch der Pfarrer den Maler bemerkt und drückte ihm die Hand.

Michel wollte ihn zu sich einladen. Aber er bedankte sich und meinte: „Das kann ich Paola nicht antun, in unserem Haus duftet es nach allerlei leckeren Sachen, sie hat sich so viel Mühe gemacht. Aber wie wäre es, wenn ihr morgen nachmittag herauf kommt? Wir hatten lange keine Gäste."

„Danke, wir kommen gern, aber da müßt ihr aber tüchtig Schnee schippen, denn wenn es so weiter schneit"

„Also, dann eine gute Nacht und einen schönen Heilig Abend."

So stapften Andrè und Paola hinauf zu dem Schlößchen.

Schon als sie die Diele betraten, roch es nach frischem Tannengrün, und aus der Küche kam ein leckerer Duft von Braten.

Paola hatte es ganz eilig in das Wohnzimmer zu kommen um die Kerzen anzuzünden, denn ganz heimlich hatte sie einen Weihnachtsbaum aufgestellt. Damit wollte sie ihrem Herrn eine Freude bereiten, was er auch würdigte. Er war sehr beeindruckt, was diese Frau alles in Kauf nahm, um ihm das Leben erträglich zu machen.

Ganz eigenmächtig hatte sie das gute Geschirr aus der Vitrine geholt und damit den Tisch eingedeckt.

Es dauerte auch nicht lange, da tafelte sie auf mit Vorsuppe, Hauptgericht und Nachtisch.

Der Hausherr erhob sich und sagte: „Einen Moment, ich bin gleich wieder da." Er holte eine gute Flasche Wein aus dem Keller.

„Ich möchte mich bei Ihnen bedanken für das köstliche Menü und mit Ihnen anstoßen, was hätte ich heute ohne Sie gemacht?"

Das war für Paola eine große Ehre.

Nach dem Diner lehnte er sich behaglich zurück und zündete sich eine Havanna an.

Paola dachte, das ist ja etwas ganz Neues.

Schnell brachte sie das Geschirr in die Küche und kam mit einem Päckchen zurück, was sie ihrem Herrn überreichte.

Er war sprachlos und hatte Tränen in den Augen als er es auspackte, es war ein Buch mit dem Titel: „Lerne, wieder zu leben."

„Paola, tausend Dank! Ich habe auch etwas für Sie." Er holte aus seinem Sekretär ein Kästchen und überreichte es mit den Worten: „Als Dank für ihre Fürsorge und treuen Dienste, soll das Ihnen Glück bringen."

Sie fühlte, wie seine Hände zitterten, als er ihr das Geschenk überreichte. Auch sie hatte mit Tränen zu kämpfen, denn sie hatte noch nie von einem Mann ein solches Geschenk bekommen.

Ihr geschiedener Mann war ein Grobian und ein Holzklotz gwesen.

Behutsam öffnete sie das Kästchen, und ein goldenes Kettchen blitzte ihr entgegen.

Andrè legte eine Weihnachtsplatte auf und es hätte ein wunderschöner Heilig Abend sein können, wenn es nicht so traurig war.

Wortlos saßen sie noch ein Stündchen zusammen, bis der Hausherr sagte: „Paola, Sie können gern noch im Wohnzimmer bleiben und Musik hören. Ich zieh mich zurück. Danke noch mal für alles und eine gute Nacht."

„Ihnen auch gute Nacht und tausend Dank."

Sie lauschte, wo ging er denn hin? Ja, sie hatte richtig gedacht, er ging in sein Atelier.

Sicher saß er vor dem Bild seiner Alice.

Nach ungefähr einer Stunde hörte sie, wie er in das Bad und dann in sein Schlafzimmer ging. Auch sie ging dann zu Bett.

Ähnlich ging es am Silvesterabend zu, nur daß sie Michel und Caroline eingeladen hatten. Caroline lobte Paolas Kochkunst und wie sie den Abend gestaltet hatte. Im stillen dachte sie: „Schade, daß Paola schon in den Fünfzigern war, es wäre eine gute Frau für Andrè."

Ein schöner Silvesterabend hatte seinen Höhepunkt erreicht.

Der Hausherr füllte die Gläser mit Champagner, und gemeinsam warteten sie auf den Glockenschlag. Im Fernsehen wurde heruntergezählt, 10 – 9 – 8 – 7 – 6 ——— und dann war es soweit. Sie stießen miteinander an und wünschten sich Gesundheit.

„Kommt, wir gehen hinauf in das Atelier, da können wir das Feuerwerk ringsum sehen."

Sogar auf dem Meer gingen Raketen hoch, denn zu Silvester sind immer Luxusschiffe draußen. Es war ein ergreifendes Schauspiel. Auch auf der Nachbarsteilküste wurde ein Feuerwerk gezündet.

Also, wohnten da drüben doch Leute. Caroline bestätigte das auch. Sie erzählte aber auch, daß die Leute sich ganz geheimnisvoll verhalten, sie haben auch mit niemandem Kontakt. Damit war das Thema auch schon beendet.

Da es sehr kalt war, gingen sie wieder in die Wohnung zurück.

Caroline drängte Michel, nach Hause zu gehen.

Sie bedankten sich beim Hausherren und bei Paola für die Gastfreundschaft und das gute Essen.

Michel hakte seine Caro unter und dann stapften sie beide heimwärts. Caroline fühlte sich wie in jungen Jahren, und ihr Herz klopfte ganz heftig.

Zu Hause angekommen sagte sie: „Ach, das war ein schöner Abend."

„Nun werden wir den Maler und Paola auch einmal einladen, hast du gehört?"

„Ja, das müssen wir unbedingt tun, aber jetzt möchte ich nur noch schlafen."

Das neue Jahr begann mit leichtem Frost und Sonnenschein.

Schnell war überall der Alltag wieder eingezogen.

Andrè stürzte sich in seine Arbeit. Nur zu den Mahlzeiten kam er herunter. Eines Tages sagte er: „Paola, ich muß mit Ihnen reden."

Sie hatte sich sehr erschrocken, denn sein Ton war sehr scharf.

„Wenn Sie bei mir bleiben wollen, was ich mir auch sehr wünsche, dann müssen Sie einen Tag in der Woche frei machen, welchen, können Sie selbst bestimmen."

Ihr fiel erst einmal ein Stein vom Herzen.

„Es gibt auch noch eine andere Möglichkeit."

Er merkte, daß sie sehr unruhig wurde.

„Keine Sorge, Sie müssen nicht annehmen, es ist nur ein Gedanke von mir. Da Sie kaum noch in ihre Wohnung unten im Dorf kommen, könnten Sie doch auch hier oben wohnen. Im Turm, unter dem Atelier sind Räume, die zwar jahrelang nicht bewohnt wurden, aber man könnte sie renovieren, und ich könnte mir vorstellen, daß es eine hübsche kleine Wohnung würde. Wir gehen mal rüber und Sie können sich alles ansehen. Sie müssen sich auch nicht gleich entscheiden, Sie sollen sich das alles in Ruhe überlegen. Wollen Sie? Dann los!"

Der Eingang ist separat von außen, also nicht vom Haupthaus zu erreichen. Eine kleine Treppe führt in den ersten Stock.

Es sind zwei hübsche Räume, links und rechts davon sind je ein halber Raum, wo die Außenwand rund ist.

Es sah ja jetzt alles sehr kahl aus, aber mit einem bißchen Farbe, sieht alles viel freundlicher aus. Wasseranschluß ist auch vorhanden, also könnte sogar ein kleines Bad eingerichtet werden. „Also hätten sie eine hübsche kleine Wohnung, wo sie sich auch einmal zurückziehen können und ihre Möbel könnten sie auch behalten. Überlegen sie in Ruhe."

Paola war sehr nachdenklich und brauchte Zeit sich damit anzufreunden.

Andrè war von seiner Idee ganz begeistert und hätte am liebsten gleich einen Handwerker bestellt.

Er war sich auch sicher, daß er es auf jeden Fall machen würde, auch wenn Paola nicht einzieht.

Da könnten auch seine Pariser Freunde mal Urlaub bei ihm machen. Er wollte auch erst einmal mit Michel darüber sprechen, denn er kennt ja auch Leute, die das in die Hand nehmen würden.

⋅⋅⋅⋅⋅⋅⋅⋅⋅⋅

Eines Tages kam ein langer Brief von Claire. Darin schüttete sie ihr Herz aus, daß sie sehr unglücklich war.

Marcel hatte sein Wort gebrochen, denn wieder und wieder kam er nicht nach Hause. Einmal kam sogar eine junge Frau zu ihr in die Wohnung und stellte sich als Freundin von ihm vor. Also hatte er auch verschwiegen, daß er verheiratet war. „Was soll ich nur tun? Kannst du mir einen Rat geben?"

Andrè war sprachlos, denn das hatte er von seinem Freund nicht erwartet. Aber was soll man da raten, sie hatte seine Seitensprünge doch schon ein paar mal verziehen.

Dann schrieb sie ihm noch, daß seine Nachmieter ganz nette Leute sind, mit denen sie sich gut versteht.

„Alles ist anders geworden, seit Du weg bist! Robert und Annette haben sich auch ganz rar gemacht. Sie sehen sich nur selten. Isabell ist auch wieder auf Tournee und kommt erst zu Ostern wieder. Ach, wie traurig alles geworden ist. Es war immer so schön, wo wir alle zusammen waren. Ich würde mich sehr freuen, wenn Du mir mal schreibst, denn am Telefon kann man doch nicht so reden.

Ist denn deine Haushaltshilfe noch bei dir? Wie kommst du mit deinem Gemälde voran?

Schade, daß wir soweit voneinander wohnen, sonst könnte man sich doch gegenseitig ein bißchen Mut machen.

Na, vielleicht komme ich im Sommer mal an die Küste."

Andrè war von dieser Nachricht sehr betroffen. Was sollte er ihr darauf schreiben?

In dieser Nacht fand er wieder einmal keinen Schlaf.

Alles war so gegenwärtig. In Gedanken war er in Paris mit all seinen Freunden, vor allem mit Alice.

Ein Jahr war vergangen und so viel war passiert.

Kurzzeitig fiel er in einen unruhigen Schlaf, wo er von wirren Träumen verfolgt wurde. Schweißgebadet wachte er endlich auf und war froh, daß es nur ein Traum war.

Er versuchte mit einer lauen Dusche die Nacht abzuschütteln.

Als er die Treppe herunter kam, stieg ihm ein herrlicher Kaffeeduft durch die Nase. Die gute alte Seele, Paola, hatte schon mit dem Frühstück auf ihren Herrn gewartet.

„Guten Morgen, Herr Ravèl!"

„Ihnen auch einen guten Morgen."

Sie bemerkte, daß ihr Herr sehr müde aussah.

„Fühlen Sie sich nicht gut?" fragte sie besorgt.

„Danke Paola, ich habe nur schlecht geschlafen, aber ihr gutes Frühstück wird mich wieder fit machen. Anschließend werden wir in die Stadt zum Einkaufen fahren. Schreiben

Sie auf, was wir alles brauchen, Lebensmittel und andere Dinge, denn das müssen Sie nicht aus dem Dorf heraufschleppen."

„Und ich soll mitfahren?"

„Ja, Sie wissen doch am besten Bescheid."

Das empfand sie als große Ehre, mit ihm mitfahren zu dürfen.

Was würden die Leute sagen, wenn man sie im Auto des Malers sah?

In einer Stunde ging es los. Beklommen saß sie neben ihm und wagte kein Wort zu sagen.

Auf dem Parkplatz eines Supermarktes stellte er das Auto ab und ging mit ihr zielstrebig hinein. Paola nahm ihren Zettel zur Hand.

„Packen Sie nur ein, so schnell kommen wir nicht wieder hier her."

Manche Dinge legte er auch selber in den Einkaufswagen, was sie gar nicht auf ihren Zettel stehen hatte.

„Wenn Sie etwas Persönliches brauchen, dann nehmen Sie es nur mit."

Ihr gingen die Augen über von den vielen Dingen, die es im Dorf nicht gab.

Der Wagen war schon vollbepackt, so daß sie sagte: „Ich glaube, es ist genug."

„Na, wenn Sie meinen, dann werden wir zur Kasse fahren."

So einen Einkauf hatte sie in ihrem ganzen Leben noch nicht gemacht. Mit dem Wagen fuhren sie zum Auto und alles wurde gut verstaut.

„Nun muß ich noch zur Bank und in das Farbengeschäft. Sie können inzwischen einen Schaufensterbummel machen. In einer Stunde bin ich zurück am Auto."

Sie bestaunte die vielen Auslagen in den Geschäften. Aber der Trubel, die vielen Leute, das war nicht so das Richtige, sie war die Ruhe gewöhnt.

André kam an der Gaststätte vorbei, wo er mit Alice gesessen hatte. Wieder waren die Erinnerungen ganz nah. Er dachte daran, wie sie die Babyschuhchen gekauft hatte, die jetzt draußen auf dem Meer schwimmen oder auch in der Tiefe verschwunden sind. Mit Mühe mußte er sich von dem Gedanken losreißen.

Der Mann im Farbengeschäft begrüßte ihn freundlich, denn er erkannte den Maler gleich wieder. „Na, lange nicht gesehen? Und heute allein, ohne Ihre Frau?"

Das war zuviel. Andrè konnte die Tränen nicht aufhalten.

„Oh, Verzeihung, bin ich Ihnen zu Nahe getreten?"

„Schon gut, meine Frau gibt es nicht mehr. Sie ist ... ertrunken." Erneut brach er in Tränen aus.

Das war dem Geschäftsmann so peinlich, und er bat den Maler mit nach hinten zu kommen, damit er sich wieder fangen konnte.

Dann fragte er den Künstler, an was er gerade arbeitet, da er so viele Farben brauchte.

Da erzählte er ihm, daß er an einem großen Wandgemälde für Paris arbeite.

„Oh, da würde ich ja gern mal nach Skt. Jean de Monts kommen und mir ihre Arbeit ansehen."

„Das können sie gern, aber das dauert doch einige Monate, bis sie sich die Geschichte von Napoleon vorstellen können. Bis dahin komme ich bestimmt noch mal und werde ihnen dann sagen können, ob es für eine Besichtigung reif ist."

„Dann wünsche ich ihnen weiter gute Erfolge und alles Gute für sie persönlich. Auf Wiedersehen Herr Ravèl."

„Auf Wiedersehen."

Andrè kam mit einem großen Karton zum Auto zurück. Paola war auch schon da, und die Heimfahrt konnte starten.

Für sie war es fast wie ein Urlaubstag, soviel hatte sie gesehen.

Einige Tage waren vergangen und Andrè dachte wieder an den Brief von Claire. Er wollte gleich anrufen, bevor er mit der Arbeit anfing.

„Hallo Claire? Hier Andrè, ich grüße dich. Deinen Brief habe ich erhalten, aber daß es so um euch steht, hätte ich nie gedacht. Kann ich reden? Oder ..."

„Ja, ja, er ist wieder fort. Er hat die Scheidung eingereicht."

Andrè konnte hören, daß sie mit den Tränen zu kämpfen hatte.

„Weißt du, am besten ist, wenn du an die Küste kommst, da können wir besser reden. Komme mit dem Flieger, ich bezahle dir das Ticket, hörst du?"

„Danke Andrè, ich nehme dein Angebot an, also bis bald."

Das belastete ihn zwar sehr, gerade jetzt wo der Umbau mit dem Turm beginnen sollte. Aber er wollte ihr auch helfen, soweit es in seiner Macht lag. Als Paola davon erfuhr, war sie gleich bereit, das Gästezimmer zu räumen und wollte, solange wieder unten im Dorf, in ihrer Wohnung schlafen. Es ging ja zum Sommer zu, wo es früh zeitig und abends lange hell war.

Michel kam wie gerufen. Andrè wollte mit ihm über den Bau sprechen und ihn beauftragen, die Handwerker zu besorgen, denn er war der Meinung, daß er die Leute besser kannte als er.

Michel fühlte sich geehrt und wollte gleich die Männer zu einer Besichtigung auf das Schlößchen beordern.

Schon am übernächsten Tag kam er mit einem Maurer und einem Elektriker an. Er selbst wollte natürlich, als gelernter Zimmermann, mit Hand anlegen.

Der Maler besprach mit den Männern seine Vorstellungen.

„Herr Ravèl, wann sollen wir denn beginnen?"

„Sobald sie das notwendige Material zusammen haben, kann es losgehen."

„Gut, und danke für den Auftrag, sie werden zufrieden

sein. Andrè war froh, so gute Leute durch Michel gefunden zu haben. So konnte er ungestört seiner Arbeit nachgehen.

Paola freute sich auf Claire, die in der kommenden Woche eintreffen wollte.

Andrè holte sie vom Flughafen ab. Sie hatte Mühe, ihm nicht gleich weinend in die Arme zu fallen.

„Kannst du mich überhaupt bei deiner Arbeit gebrauchen?"

„Du weißt doch, daß du immer willkommen bist. Du kannst dich bestimmt bei Paola nützlich machen."

Er erzählte ihr, daß er den Turm für Paola als Wohnung renovieren lassen will.

Claire staunte nicht schlecht, fast hätte sie denken können ... aber nein, sie könnte ja bald seine Mutter sein.

Außerdem würde Andrè keine Frau wieder ins Haus holen.

Die Bauarbeiten gingen gut voran. Die zwei Frauen hatten genügend zu tun, um die Arbeiter zu beköstigen.

Paola freute sich, bald in den Turm einziehen zu können.

Ab und zu kam auch Caroline herauf um zu sehen, ob ihr „Alter" auch gute Arbeit leistete. Aber sie wollte auch Andrès Arbeit sehen, das hatte er ihr versprochen.

In Begleitung von Claire stieg sie hinauf zum Atelier.

Der Maler freute sich über den Damenbesuch, denen vor Staunen der Mund offen blieb. Caroline konnte es nicht fassen, daß man mit einem Pinsel Gesichter und Tiere malen kann.

„So, nun wollen wir nicht länger stören, ich komme mal wieder", sagte Caroline.

Paola ging nun jeden Abend hinunter in ihre Wohnung. Sie kam sich wie eine Fremde vor in ihren 4 Wänden. Aber lange wird es nicht mehr dauern, dann wird sie hoch oben im Schloßturm wohnen.

Es war eine hübsche kleine Wohnung entstanden. Claire half noch mit beim Umzug und Einrichten. Dafür war Paola sehr dankbar, denn da hatte sie nicht so viel Geschmack.

Eine kleine Einzugsparty krönte die viele Arbeit. Alle waren gekommen, die Arbeiter, Michel, Caroline und natürlich Claire und der Hausherr.

Aber nun wurde es Zeit für Claire, wieder nach Hause zu fahren.

Viel hatte ihr Andrè auch nicht helfen können, schließlich mußten die beiden selbst wissen, was sie für richtig hielten. Er hatte ihr nur geraten, Marcel gehen zu lassen, denn er würde sich nie ändern.

Es war ein schwerer Abschied von Andrè und den anderen.

„Ich werde immer dein Freund sein", das waren seine letzten Worte am Flughafen.

Als sie ihre Wohnung wieder betrat, traf sie erneut ein Schock. Marcel hatte während ihrer Abwesenheit einen Teil der Wohnung ausgeräumt. Von seinen Sachen war nichts mehr da. Also war es entgültig. Nicht einmal ein Wort hatte er hinterlassen.

Claire war am Ende ihrer Kräfte. Hilflos stand sie in der halbleeren Wohnung. In diesem Moment hätte sie einen guten Freund gebraucht, und Andrè war so weit weg. Sie dachte an Annette und Robert, doch heute war sie nicht mehr in der Lage zu ihnen zu gehen. Aber Andrè wollte sie noch anrufen, denn sie wollte sich ja auch noch bedanken und sagen, daß sie gut nach Hause gekommen ist.

Zum Glück war das Telefon noch da. Sie nahm allen Mut zusammen, um nicht gleich losheulen zu müssen. Doch ihre Stimme zitterte als sie sagte: „Hier ist Claire, ich wollte dir nur sagen, ich ... ich ..."

Doch ihr Schmerz war stärker und sie brach in Tränen aus.

„Was ist passiert? Claire bitte rede!"

„Ach Andrè, Marcel hat die Wohnung ausgeräumt. Ich weiß nicht mehr weiter, was soll ich tun?"

„Mach nur keine Dummheiten, hörst du? Das Leben geht immer weiter, du siehst es an meinem Schicksal. Aber ich würde dir raten, geh doch zu Robert und Annette, die werden die bestimmt zur Seite stehen."

„Ja, mir ist schon klar, daß ich mir eine kleine Wohnung nehmen muß. Ich werde gleich morgen zu den beiden gehen. Danke erst einmal, ich lasse wieder von mir hören. Bitte grüße Paola von mir, und nun, bis bald."

4. Kapitel

Ein Jahr war ins Land gegangen, aber verändert hatte sich im Haus am Meer nicht viel.

Paola war eine gute Haushälterin des Malers geworden und fühlte sich in ihrer eigenen Turmwohnung wohl.

Andrè war froh, daß er von ihr so gut versorgt wurde. Was hätte er wohl gemacht, wenn er sie nicht gefunden hätte.

Michel und seine Caro kamen nach wie vor, immer einmal nach dem Rechten zu sehen. Obwohl Andrè gerade zwei mal bei ihnen unten im Dorf war. Doch er beteuerte, daß er, wenn das Gemälde fertig ist, öfter sie besuchen würde. Aber ein halbes Jahr dauerte es sicher noch.

<hr />

Claire war schon lange geschieden und hatte am Stadtrand von Paris eine kleine Wohnung bezogen. Robert und Annette hatten ihr beim Umzug geholfen. Natürlich mußte sie sich eine Arbeit suchen, denn Marcel kümmerte sich nicht um sie.

In einem Modesalon hatte sie einen guten Jop gefunden, der ihr auch viel Spaß machte. Nette Kolleginnen hatten ihr über den Scheidungskummer hinweggeholfen. Jetzt hat sie ihren ersten bezahlten Urlaub und möchte ihn gern bei Andrè, im Haus am Meer verleben.

Mit diesen Vorhaben ging sie zu Robert und Annette.

„Wir wollten eigentlich auch bei Andrè anfragen, ob wir mal kommen könnten, denn wir kennen ja seine neue Heimat noch gar nicht. Nun, so ein Zufall, unser Urlaub fällt in den gleichen Zeitraum wie bei dir. Und wenn wir nun zu dritt fahren?"

„Das wäre ja ganz toll, ich werde gleich bei Andrè anrufen", sagte Claire.

„Hätte er denn soviel Platz für drei Personen?" war Annettes Bedenken.

„Aber ja, ihr könntet das Gästezimmer nehmen, und ich. Ach entweder ich schlafe im Wohnzimmer, oder vielleicht bei Paola. Aber jetzt rufe ich erst einmal an. Kann ich gleich von euch aus?"

„Aber sicher." Auch Annette war ganz begeistert. „Also, ruf schon an!"

„Hallo, hallo, hier ist Claire und neben mir sitzt Annette. Jetzt wo ich es sagen soll was ich, bzw. wir auf dem Herzen haben, fällt es mir schon nicht leicht."

„Nun rede schon, ich bin ganz neugierig."

„Ich habe meinen ersten bezahlten Urlaub, und Robert und Annette haben ebenso zum gleichen Zeitpunkt Urlaub, und da haben wir gedacht ..."

„Na, ich ahne schon, ihr würdet gern zu mir ans Meer kommen."

„Ja, du hast es erraten. Ist das möglich, oder wird es dir zuviel?"

„Natürlich, ihr könnt gern kommen, ich würde mich freuen, auch Robert und Annette wiederzusehen. Sagt nur, wann ihr kommt, damit Paola alles vorbereiten kann."

„Danke, danke, du bist ein Schatz! Wir kommen am Samstag mit dem Auto."

„Also dann, bis Samstag."

Andrè war sehr überrascht, aber auch sehr erfreut, denn er brauchte auch mal eine Abwechslung in seinem Alltag.

Er berichtete Paola von der Ankunft seiner Gäste.

Das war für sie eine gute Nachricht und Herausforderung. Endlich wieder einmal Gäste.

„Aber, Herr Ravèl, da möchten wir wieder einmal einkaufen fahren, denn unsere Vorräte sind fast aufgebraucht."

„Schreiben sie nur alles auf was benötigt wird und wir fahren am Nachmittag in die Stadt."

Paola überprüfte die Bestände und stellte fest, daß es ein großer Einkauf werden wird.

Wie besprochen fuhren sie nach dem Essen los. Der Hausherr staunte, wie seine Wirtschafterin alles im Griff hatte. Selbständig wählte sie die Waren aus, und schnell war alles im Einkaufswagen.

Im Schlößchen wartete noch viel Arbeit, bevor die Gäste eintrafen. Es blieb nur noch ein Tag, dann mußte alles fertig sein.

Robert hatte vor, schon im Morgengrauen in Paris zu starten, damit sie am Vormittag ihr Ziel erreichten.

Die Fahrt verlief ganz reibungslos, so daß sie, wie geplant eintrafen. Mit einem Hupkonzert kündigten sie sich an. Der Hausherr kam seinen Gästen entgegen. Auch Paola stand zum Empfang bereit. Es war eine herzliche Begrüßung. Doch Claire hatte gleich Tränen in den Augen. „Na, wer wird da weinen?" Andrè reichte ihr ein Taschentuch.

„Nun kommt erst einmal ins Haus, Paola wird sich inzwischen um das Gepäck kümmern."

Nachdem sich die Gäste frisch gemacht hatten, führte sie Andrè ins Wohnzimmer, wo Paola einen kleinen Imbiß vorbereitet hatte.

Es gab viel zu erzählen. Vor allem waren sie neugierig, auf Andrès Arbeit. Also stiegen sie hinauf ins Atelier.

Da stand Alice immer noch an gleicher Stelle. So lebensnah, als müßte man ihr „Guten Tag" sagen. Beim Anblick des Bildes lief allen ein Schauer den Rücken hinunter. Robert löste die Situation auf, in dem er auf das Wandgemälde aufmerksam machte.

„Es ist ja fantastisch, wann wirst du damit fertig werden?" fragte er.

„Na, ich denke, wenn ich fleißig bin, werde ich schon noch ein halbes Jahr brauchen."

„Wirst du es nach Paris bringen?"

„Wie üblich werden die Teile in Holzkisten verpackt. Vielleicht bringe ich diese dann in das Wohnmobil, oder ich muß alles mit dem Flieger transportieren, aber da muß ich auch erst zum Flughafen fahren, ich weiß noch nicht genau wie ich es mache. So, nun wollen wir nicht mehr von der Arbeit reden, denn ihr habt Urlaub."

„Ja, wenn das Wetter schön bleibt, wollen wir viel am Strand verbringen", meinten Annette und Claire. „Der Wettergott hat ja gute Prognosen vorausgesagt."

„So, nun würde ich euch vorschlagen, erst einmal eure Zimmer zu beziehen, denn Paola wird bald zum Essen läuten."

Robert und Annette bekamen das Gästezimmer und Claire wollte unbedingt bei Paola im Turm wohnen, und so waren alle gut untergebracht.

Inzwischen hatte die Köchin aufgetafelt, was einem Vier-Sterne-Menü glich.

Nach dem Essen machten sie sich auf zum ersten Strandgang. Doch Andrè lehnte ab, mit ihnen zu gehen. Er mied nach wie vor das Meer und den Hafen. Obwohl er früher fast jeden Tag zum Baden hinunter ging. Er hatte nie nach seinem zerschmetterten Boot gefragt, was immer noch bei Michel im Schuppen lag. Aber auch Michel traute sich nicht zu fragen, was mit den Überresten werden sollte.

Müde kehrten die drei Strandwanderer zurück. Der Tag hatte ja schon in der halben Nacht begonnen, dann die lange Fahrt und noch eine solche Wanderung, wer soll da nicht müde sein. Jetzt konnte nur noch ein Bett und eine Stunde Schlaf retten.

„Aber danach wird noch Abendbrot gegessen", erklärte Paola.

An diesem Abend kam keiner mehr zum Essen, zum Leidwesen von Paola.

Am Morgen wurden sie durch Möwengeschrei geweckt. Sie wollten gar nicht glauben, daß sie die ganze Nacht durchgeschlafen hatten. Doch nun machte sich auch der Magen bemerkbar und sie freuten sich auf ein deftiges Frühstück.

„Wo ist denn Andrè?" fragte Robert. Paola erklärte, daß er jeden Morgen vor seiner Arbeit hinauf auf die Anhöhe an seine Bank geht. Dort hält er Zwiesprache mit Alice. Das läßt er sich nicht nehmen. „Ob er wohl je wieder eine Frau nimmt?" fragte Annette.

„Also, ich kann es mir nicht vorstellen", meinte Paola.

⁂

Es folgten erholsame Urlaubstage für die Großstädter. Wandern, Schwimmen, Sonnenbaden und abends bei Lagerfeuer sitzen und ein Gläschen guten Wein trinken.

Solche Abende liebte Paola ganz besonders, denn da schmückte sie gern die Veranda mit Lampions.

Auch Andrè fand Entspannung an solchen Abenden.

Die schöne Zeit ging viel zu schnell vorbei. Zum Abschiedsabend wurden auch Michel und seine Caro eingeladen. Caroline stöhnte und klagte: „Schade, daß wir schon so alt sind, viel zu wenig hat man sich für ein gemütliches Beisammensein Zeit genommen. Wir danken euch für den schönen Abend."

Bei Mondschein schritten die beiden Alten den Weg hinunter ins Dorf.

Michel erfaßte Caros Hand und sagte: „Na komm meine Alte, wir haben doch auch in jungen Jahren schöne Stunden verlebt, jetzt sind eben die Jüngeren an der Reihe."

„Ja, ja, ich will mich auch nicht beklagen."

Bei all den Gedanken an vergangene Zeit, waren sie an ihrem Haus angekommen.

Oben im Schlößchen gingen auch die letzten Lichter aus. Jeder hatte seine eigenen Gedanken, bevor sie die Nacht gefangen hielt.

Nach einem reichlichen Frühstück ging es ans Abschiednehmen. Große Dankesworte bekam Andrè für seine Gastfreundschaft und Paola für die Bewirtung und all die Mühe, die sie mit ihnen hatte.

Ihr letzter Weg führte sie hinauf zur Bank, wo Paola schon frische Blumen an den Stein gestellt hatte. Wortlos nahmen sie Abschied von Alice.

Nur Claire weinte bitterlich. Sie fiel am Auto Andrè in die Arme, der sie zu trösten versuchte. Was sollte er sonst für sie tun? Er konnte sie doch nicht bei sich behalten.

„So, nun komm, einsteigen, wir müssen los", mahnte Robert.

Auch bei Paola rollten ein paar Tränen.

Andrè war ganz schnell im Haus verschwunden, denn auch ihm fiel der Abschied schwer.

Im folgenden Frühjahr hatte der Künstler sein großes Werk vollendet. Zu Pfingsten sollte das Wandgemälde im Museum für Künste zu besichtigen sein.

Er begann die einzelnen Bilder in Laken zu hüllen, um sie dann in Holzkisten zu verpacken. Es bedurfte peinlichste Sorgfalt, um die Gemälde nicht zu beschädigen. Ein kleinster Kratzer genügte, diese Kunstwerke wertlos zu machen.

Paola kam vom Markt und hatte fangfrischen Fisch gekauft.

Aufgeregt suchte sie ihren Herrn auf.

„Herr Ravèl, ich muß sie unbedingt bei Ihrer Arbeit einmal stören."

„Was gibt es denn so Wichtiges?"

„Mich hat auf dem Markt eine Frau angesprochen, die Wirtschafterin drüben vom Nachbarsfelsen, sie wissen schon, die dort schon viele Jahre bei dem Komponisten mit seiner stummen Tochter arbeitet."

„Ja, und?"

„Die Frau sollte schon lange mal fragen, ob die Tochter

nicht einmal zu ihnen kommen könnte. Ihr Vater meinte, daß seine Tochter Talent zum Malen hätte, und sie sollten sich ihre Skizzen ansehen, ob es Sinn hätte, daß sie eine Ausbildung bekommen sollte."

„Wie alt ist denn das Mädchen?"

„Ich glaube, sie ist um die 20 Jahre."

„Ach so, da ist sie ja schon eine junge Dame, und sie kann nicht sprechen?"

„Nein, sie soll mit 5 Jahren durch einen Unglücksfall ihre Sprache verloren haben, aber hören kann sie. Was kann ich ihr denn das nächste Mal sagen, wenn ich sie wieder treffe?"

„Das ist schon möglich, aber Sie wissen ja selbst, daß es jetzt auf keinen Fall möglich ist. Erst muß ich ‚Paris' abgeschlossen haben. Im Sommer bin ich dann gern bereit, mir die Arbeiten der jungen Dame anzusehen, sagen Sie ihr das."

„Danke, Herr Ravèl. - Nun habe ich aber noch eine Frage: Wie lange werden Sie in Paris bleiben?"

„Na, zwei Wochen werden es schon sein, warum fragen Sie?"

„Ich wollte nur wissen, wie lange ich hier allein bin."

„Wenn ich Ihnen sage, daß Sie mit nach Paris kommen sollen, was sagen Sie dazu?"

Jetzt schaute sie ihren großen Meister ganz ungläubig an und fragte: „Ist das ein Scherz?"

„Nein Paola, es ist mein voller Ernst. Sie haben sich diese Reise verdient, und in Paris waren Sie sicherlich auch noch nicht."

„Das wäre schon ein Traum, Paris kennen zu lernen, aber wer soll inzwischen das Haus hüten?"

„Auch daran habe ich gedacht. Bestimmt werden sich Michel und Caroline bereit erklären, mein Haus zu betreuen."

Paola war außer Rand und Band vor Freude, daß sie mit ihren 55 Jahren noch eine Reise nach Paris machen würde.

Aber was sollte sie da anziehen und in ihren Koffer pakken? Ihr war klar, daß sie sich ein paar neue Sachen kaufen müßte. Dazu wollte sie, wenn sie das nächste Mal frei hat, in die Stadt fahren. Genug Geld hatte sie ja gespart.

In der kommenden Woche war es schon so weit, sie hatte frei. Der Maler wunderte sich, daß Paola es so eilig hatte und fragte: „Man könnte meinen, Sie haben eine Verabredung."

„Nein, nein, ich will mit dem Bus in die Stadt fahren. Ich muß mir doch für die Reise neue Sachen kaufen. Danke und auf Wiedersehen, Herr Ravèl."

Für sie war es ganz ungewohnt in ein richtiges Modegeschäft zu gehen. Sie nahm allen Mut zusammen und bat die Verkäuferin, sie zu beraten. Viele Sachen brachte die Verkäuferin zum Anprobieren. Schließlich entschied sie sich für ein leichtes Sommerkostüm und dazu zwei Blusen. Doch dann sah sie die schönen bunten Kleider und konnte nicht widerstehen.

„Nun brauche ich aber noch die passenden Schuhe dazu." Das war bei der großen Auswahl wirklich ein Problem. Aber die Verkäuferin fand auch ein Paar schicke Schuhe für Paola.

Vollgepackt und froh fuhr sie wieder nach Hause. Nun fehlte eigentlich nur noch eine moderne Frisur, was sie sich für den nächsten Tag vornahm.

Als Paola zurückkam war ihr Herr gerade mit Michel im Gespräch. Andrè hatte ihm sein Anliegen, das Haus während seiner Abwesenheit zu betreuen, vorgetragen.

Natürlich fühlte sich der alte Seemann sehr geehrt und hatte sofort zugesagt. Er wollte mit seinem Schäferhund Axel die Nächte oben im Schlößchen verbringen.

Der Maler hatte sich entschieden, die Kisten mit dem Flieger zu transportieren. Michel half Andrè seine Bilder zu verpacken und ins Wohnmobil zu verladen. Das war ein großer Aufwand, aber für den Transport das Richtige. In Paris sollten die Kisten von einer Speditionsfirma direkt in das Museum gebracht werden.

Für Paola gab es am letzten Tag noch allerhand zu tun, schließlich sollte alles in Ordnung sein. Zum Friseur wollte sie auch noch gehen.
 Andrè saß im Atelier am Fenster und schaute hinaus aufs Meer. Seit langem hatte er das nicht mehr so bewußt getan. Jetzt, wo sein großes Werk vollendet war, schien es, als wenn ihn die Verhangenheit wieder einholte.
 Er sah die vielen weißen Rosen, wie sie auf den Wellen auf und ab schaukelten. In seinem Kopf brodelte das wilde Meer, so daß es ihm schwarz vor den Augen wurde. Doch es war nur für einen Augenblick. Er rieb sich das Gesicht mit kaltem Wasser ab und versuchte die schrecklichen Gedanken damit fort zu wischen. Aber mitten im Raum stand seine Alice.
 Sollte er das Bild verhängen, wie das seiner Mutter? Aber das brachte er nicht über das Herz. Liebevoll streichelte er die Wangen und ihre Hände. Ganz vorsichtig drückte er seine Lippen auf ihren Mund, und es war ihm, als wären diese warm gewesen.
 Nun hatte Andrè sich wieder gefangen und er erzählte ihr, daß er nach Paris fahren würde, um sein Lebenswerk für die Öffentlichkeit zuggängig zu machen. „In 14 Tagen bin ich zurück, dann erzähle ich dir alles."

Nun war er auch für die große Fahrt bereit.
 „So Paola, sind Sie soweit? Es kann losgehen!"
 „Ja, Herr Ravèl." Sie stieg in das Auto und nahm neben ihrem Herrn Platz. Michel und Caroline wünschten eine gute Fahrt. Noch ein Blick hinauf zur Bank und dann rollte das Auto langsam hinunter auf die Fahrstraße.
 Wortlos saßen die beiden unterschiedlichen Menschen nebeneinander. Keiner wußte etwas zu sagen.

Der Künstler war in Gedanken schon in Paris und Paola dachte daran, was sie wohl erleben würde. Endlich brach er das Schweigen und fragte: „Na, Paola, freuen sie sich auf die Stadt Paris?"
„Ja natürlich, aber ich freue mich auch, Claire wiederzusehen."
„Sie haben ja genügend Zeit, zusammen etwas zu unternehmen."

Kurz nach Mittag war das Ziel erreicht. Andrè fuhr zuerst zu Claire, die heute extra zeitig zu Hause war.
Zwischen den Frauen gab es eine herzliche Begrüßung.
Doch als Claire Andrè umarmte, brach sie gleich wieder in Tränen aus.
„Nun ist aber gut, ich will keine Tränen sehen. Ich werde jetzt ins Hotel fahren und dann bei Robert vorbeischauen, damit wir weitere Schritte besprechen können. Gehst du morgen früh zur Arbeit?"
„Ja, natürlich."
„Gut, dann hole ich Paola nach dem Frühstück ab und bringe sie zu Annette. Also, dann bis morgen, macht's gut ihr zwei."

Die beiden Frauen hatten sich viel zu erzählen. Claire war erstaunt, wie gut Paola aussah. „Die Frisur steht dir gut, macht gleich 10 Jahre jünger. Ich würde vorschlagen, wir gehen noch ein Stück raus, damit du gleich die Umgebung meiner Wohnung kennenlernst."
„Einverstanden." Paola stellte fest, daß Claire in einer schönen ruhigen Lage wohnte, da war vom Pariser Großstadtleben nichts zu spüren. Claire fragte Paola nach Andrè aus, wie er sich so verhält. Sie konnte den Verdacht nicht loswerden, daß Claire vielleicht mehr Interesse an Andrè hegte, als sie zugab. Aber das war bestimmt aussichtslos, denn er trauerte noch viel zu sehr um Alice und das gab Paola unmißverständlich zu verstehen.

Wie abgesprochen, holte Andrè Paola am nächsten Morgen ab, um sie zu Annette zu bringen.

Er mußte schnellstens ins Museum zurück, denn dort standen die Kisten mit den Bildern bereit, um ausgepackt zu werden. Robert hatte schon gute Vorbereitungen geleistet.

Bühnenarbeiter hatten bereits das Gerüst gestellt, worauf die Helfer laufen konnten, um die Bilder anzubringen.

Das mußte alles in drei Tagen geschafft werden, denn der große Tag der Eröffnung konnte nicht verschoben werden.

Große Persönlichkeiten von Rang und Namen und viele Künstler waren zum Teil schon angereist.

Wie Ameisen wimmelte es von Handwerkern im Haus.

Andrè hatte keine Zeit, sich um die Frau zu kümmern. So war Paola, während Claire arbeiten war, bei Annette oder sich selbst überlassen, aber das machte ihr wenig aus. Sie spielte auch bei Claire die Haushälterin, in dem sie für das leibliche Wohl sorgte.

In der letzten Nacht hatte Andrè gerade mal zwei Stunden geschlafen und war sehr abgespannt. Aber mit Hilfe der Theaterarbeiter und Robert wurde alles rechtzeitig geschafft.

Die Gerüste wurden abgebaut und die Aufräumungsarbeiten waren in vollem Gange.

Da trafen auch schon die Orchestermitglieder ein und bauten ihre Instrumente auf.

Nun hieß es für den Künstler, schnell ins Hotel zurück, um sich für den Abend fertig zu machen. Eine ordentliche Dusche half ihm die Müdigkeit aus den Gliedern zu vertreiben. Auch Paola und Claire hatte sich fein gemacht und mit Robert und Annette verabredet, um gemeinsam das große Ereignis ihres Freundes zu erleben.

Das Haus füllte sich immer mehr mit Menschen aus Politik und Wirtschaft, Musikern, Dichtern und verschiedenen Künstlergruppen.

Paola war tief beeindruckt und kam sich selbst wie eine

Künstlerin vor, denn ihr Platz war in der vordersten Reihe.
Die Frauen sprachen kein Wort, sondern genossen die Atmosphäre des Abends.
Im Saal wurden die Lichter gedämpft, nur die Bühne und das Panorama strahlten im Scheinwerferlicht.
Alle Gäste hatten ihren Platz gefunden und waren voller Erwartung.
Der Präsident der Kunstakademie eröffnete das große Ereignis und stellte den Künstler „Ravèl" vor.
Die Menschen erhoben sich von ihren Plätzen und ein nicht endender Beifall erfüllte den Saal.
Bescheiden verbeugte sich Ravèl vor dem Publikum.
Mit wenigen Worten begrüßte er die Gäste und Mitstreiter.
Ein eingespieltes Tonband erklärte den Besuchern die einzelnen Bilder.
Gespannt lauschten die Anwesenden dem Vortrag.
Die Darstellung begann, wie Napoleon als Artillerieroberst 1793 die Engländer aus dem Hafen von Toulon vertrieb.
Es folgte 1795 die Niederschlagung des royalistischen Aufstandes.
Die Kunstwerke sind so großartig dargestellt, daß der Beobachter glauben konnte, selbst in dem Kriegsgeschehen dabei zu sein. Es war, als hörte man das Donnern der Kanonen und den Hufschlag der Pferde.
Ein Stück weiter war die Eroberung der Lombardei zu bewundern. Anschließend war die Zerschlagung Preußens bei Jena und Auerstädt und zum Schluß die Völkerschlacht bei Leipzig zu erleben.
Als Kriegsgefangener wurde Napoleon nach St. Helena gebracht, wo er 1821 starb und im Invalidendom in Paris beigesetzt wurde.
Es herrschte eine absolute Stille im Saal.
Erst als die 9. von Beethoven erklang und die Beleuchtung allmählich wieder erstrahlte, setzte ein tosender Beifall ein.
Paola, Claire, ja selbst Robert waren so beeindruckt, daß

sie sich den Hochrufen der Gäste anschlossen. Viele stürmten mit Blumen zur Bühne, um den Künstler persönlich zu gratulieren.

Herr Ravèl stand im Blitzlicht der Fotografen.

Es folgte die offizielle Ehrung und Auszeichnung. Als erstes bekam der Künstler den Ehrendoktortitel verliehen.

Für sein Werk erhielt er den Kunstpreis 1. Klasse. Außerdem wurde er zum Ehrenbürger von Paris ernannt.

Der Beifall wollte kein Ende nehmen.

Inzwischen luden die Stadtväter zu einem Bankett ein, was nebenan in einem Saal bereit stand. Das war eine Augenweide, es gab Delikatessen vom Feinsten. Paola, die natürlich auch zu den engsten Gästen gehörte, wagte sich gar nicht zuzulangen. Dieses Dinner zog sich bis in die späten Abendstunden hin. Es wurde immer wieder aufgefüllt. Dazu spielte die Philharmonie sanfte Weisen.

Nach und nach verabschiedeten sich die Gäste, denn es war bereits nach Mitternacht.

Selbst der Künstler hätte es gern vorgezogen in sein Hotel zu gehen, aber er mußte selbstverständlich bis zuletzt anwesend sein.

Er dankte seinen Gästen für die Würdigung. Am Schluß war nur noch der Bürgermeister, einige Prominente und seine Freunde anwesend.

Der Professor gab dann endlich das Stichwort zum Aufbruch. „Herr Dr. Ravèl, ich glaube, sie sind müde und haben es sich verdient, die Nachtruhe zu genießen. Die letzten Tage haben sie bestimmt reichlich gefordert. Schlafen sie sich nur richtig aus. Wann werden sie wieder abreisen?"

„Ich denke, eine Woche bin ich noch in der Stadt, aber dann zieht es mich wieder nach Hause."

„Schade, wir bedauern es sehr, daß sie nicht bei uns in Paris bleiben, wir hätten sie gern als unseren Ehrenbürger behalten."

„Ich danke ihnen für die Ehrung, aber meine Heimat ist am Meer geworden. Nun, gute Nacht, wir sehen uns noch, ehe ich abreise."

Andrè verabschiedete sich nun auch von Robert, Annette, Paola und Claire.

Er hatte nur ein paar Schritte zu seinem Hotel. Todmüde fiel er in sein Bett, jedoch wollte sich der Schlaf nicht einstellen.

In seinem Kopf schwirrten noch die Eindrücke des Tages. Erst gegen Morgen versank er in einen tiefen Schlaf, so daß er vom Zimmermädchen geweckt wurde. Sie hatte sich schon Sorgen gemacht. Das Mädchen entschuldigte sich freundlich und verschwand aus dem Apartment.

Am Vormittag ging er zu Claire und Paola, die schon auf ihn gewartet hatten. Andrè unterbreitete den Vorschlag, gemeinsam auszugehen. Die Frauen waren begeistert und stolz zugleich.

Er wählte ein Luxusrestaurant, denn er wollte seinen Erfolg würdig mit seinen Freunden feiern. Auch Robert und Annette stellten sich rechtzeitig ein, denn Andrè hatte das mit ihnen so abgesprochen. Für Paola war das alles wie ein Märchen. Nie hätte sie sich das in ihrem Leben gedacht, mal so fein auszugehen. Das Schicksal hatte es wirklich gut mit ihr gemeint, bei einem reichen Herren dienen zu dürfen.

Nach einem ausgiebigen Dinner statteten sie dem Eiffelturm einen Besuch ab, denn Robert meinte, den müßte man gesehen haben, wenn man in Paris ist. Doch bald sehnten sich die Füße nach einer Ruhepause und sie suchten in einem gemütlichen Straßencafé Entspannung.

Am folgenden Tag hatte Andrè in der Galerie und in der Kunstakademie zu tun, so daß die Frauen allein einen Stadtbummel planten und das war etwas ganz Neues für Paola, in die Geschäfte gehen zu können um nur zu schauen, ohne etwas zu kaufen. Aber ein paar Kleinigkeiten, als Andenken an Paris, mußten schon eingekauft werden. Am Nachmittag trafen sie sich mit Andrè und gingen zusammen an der Seine spazieren.

Claire überkam eine seltsame Sehnsucht nach Zweisamkeit. Am liebsten hätte sie sich bei Andrè untergehakt, und wäre mit ihm allein gewesen. Aber schnell verwarf sie die dummen Gedanken, denn sie wußte doch genau, wie er auf Frauen eingestellt ist, und sofort tauchte das Gesicht von Alice wieder auf.

Andrè brach das Schweigen und fragte seine Begleiter: „Wie denkt ihr, habt ihr Lust, morgen in die Oper zu gehen?"

„Oh, ja! Aber ich habe nicht die passende Kleidung mit." Claire meinte: „Mein kleines Schwarzes paßt bestimmt nicht mehr, denn ich bin viele Jahre nicht mehr so fein ausgegangen." Paola hatte noch nie ein solches besessen.

Andrè lächelte und sagte: „ Geht und kauft euch auf meine Rechnung etwas Schönes."

Ungläubig schauten sie ihn an, doch er meinte es ernst.

Gleich nach dem Frühstück machten sich die beiden Frauen auf. Das Modegeschäft war nicht weit, und sie hatten Spaß, nach Herzenslust etwas auszusuchen. Die Verkäuferin stand ihnen mit Rat und Tat bei der Auswahl zur Seite. Stolz trugen sie ihre Kartons nach Hause.

„Was wird wohl Andrè sagen, wenn er uns so festlich gekleidet sieht?"

Am Abend fuhr er mit einer Taxe vor und holte die beiden Frauen ab. Es wurde ein aufregender Abend, besonders für Paola, denn für sie war alles Neuland.

André schaute seine Begleiterinnen wohlwollend an. Er saß nun zwischen den zwei Damen. Ein Außenstehender hätte denken können, er ist mit Mutter und Frau gekommen.

Paola war beeindruckt von der Atmosphäre, der Musik und der Oper „Nabucco". Dieser Abend würde ihr unvergeßlich bleiben.

Ihr Herr kündigte an, daß sie in zwei Tagen die Heimreise antreten werden. Das stimmte die Frauen sehr traurig. Vor allem Claire hätte es gern gesehen, Andrè und Paola noch länger bei sich zu haben. Aber sie hatte die Hoffnung, in ihrem nächsten Urlaub wieder an das Meer zu fahren.

Sie planten am letzten Tag noch einen Spaziergang an der Seine.

Am Abend wurden die Koffer gepackt, zusätzlich mit dem neuen Kleid und einigen Andenken, die sie sich gekauft hatte.

Zeitig wollte Andrè aufbrechen, damit er so früh wie möglich wieder zu Hause ist. Es war ein Abschied mit Tränen, denn Claire weinte wie immer.

⁂

Ravèl hatte sich bei Michel telefonisch angekündigt. Die beiden alten Herrschaften waren auch froh über seine Ankunft.

Caroline hatte überall frische Blumen aufgestellt, auch an Alices Gedenkstein. Dahin führte auch Andrès erster Gang. Geraume Zeit verweilte er auf der alten Bank und flüsterte leise vor sich hin: „Ach Liebste, ich wäre der glücklichste Mensch auf Gottes Erden gewesen, wenn du bei mir in Paris hättest sein können. Es war so einmalig, wie ich geehrt worden bin. Mein Werk wird der Nachwelt für immer erhalten bleiben. Ich bin sogar zum Doktor ernannt worden."

Paola riß ihn aus seinem Zwiegespräch, indem sie zu verstehen gab, daß Michel und Caroline gern gehen wollten.

„Ja, ich komme!"

„Ihr könnt doch nicht so ohne weiteres gehen, ich habe euch auch etwas mitgebracht, einen Moment."

Er öffnete seinen Koffer und holte ein Tütchen heraus und reichte es Caroline.

„Schauen sie ruhig hinein, hoffentlich gefällt es ihnen?"

Die alte Caro wurde ganz verlegen. Sie holte ein Seidentuch

mit Fransen heraus. „Herr Ravèl, wie komme ich dazu, so ein kostbares Geschenk anzunehmen?" Herr Ravèl nahm das Tuch und legte es um ihre Schultern. „Na, es ist wie geschaffen für sie, nicht wahr Michel?"

Der alte Seebär zwinkerte seiner Frau zu und meinte: „Nun gib nur nicht so an auf deine alten Tage!"

„So Michel, das ist für euch beide, und er überreichte ihm eine Flasche Champagner, an der ein Briefumschlag befestigt war. Ihr habt mir einen guten Dienst erwiesen, indem ihr mein Haus betreut habt."

Michel bedankte sich, indem er sich vor Andrè verbeugte. „Schon gut, schon gut, nun geht erst einmal nach Hause, wir sehen uns wieder."

Andrè betrat sein Haus und ging gleich hinauf in sein Atelier. Irgendwie kam ihm alles ganz anders vor. Der Raum war leer, es fehlten die vielen Bilder, die jetzt in Paris waren.

Nur Alice stand am gleichen Platz.

Er überlegte welches angefangene Bild er zuerst fertig stellen sollte, denn davon waren einige liegengeblieben. So richtig wollte es ihm auch nicht von der Hand gehen, denn um ihn herum war alles stille geworden. Aber immer, wenn er sich mit dem Bild von Alice beschäftigte, fand er ganz schnell wieder den Faden. Er sagte zu sich selbst: „So, nun Herr Doktor, frisch ans Werk!"

Paola war auf dem Markt und hatte die Frau, drüben von der Steilküste, wieder getroffen. Gleich fragte sie, ob denn der Maler nun vielleicht Zeit hätte, die Tochter ihres Herrn einmal zu empfangen.

„Ich werde ihm Ihr Anliegen noch einmal vortragen und er wird Sie bestimmt dann anrufen."

„Danke, erst einmal, hier haben Sie unsere Karte mit der Telefonnummer, denn wir stehen nicht im Buch."

Als Paola nach Hause kam, ging sie gleich zu Ravèl. „Herr Dr. Ravèl, darf ich Sie mal stören?"

„Aber Paola, das mit dem Doktor lassen wir, für Sie bin ich wie immer, Herr Ravèl."

„Na gut, ich werde es mir merken."

Nun erzählte sie, daß sie die Frau von der Küste drüben getroffen hat, die mit dem Mädchen zu ihnen kommen möchte. Ravèl war natürlich neugierig und bat sie telefonisch, daß er sie am Samstag empfangen würde.

Pünktlich läuteten sie an der Tür des Schlößchens. Paola öffnete und bat sie herein. Die junge Dame nickte nur leicht mit ihrem kastanienbraunen Köpfchen.

„Einen Augenblick, mein Herr wird Sie gleich empfangen, nehmen Sie bitte hier Platz."

Da Andrè das Läuten gehört hatte, kam er schon herunter.

Die Frau und das Mädchen erhoben sich und reichten ihm die Hand. „Dr. Ravèl, guten Tag!"

„Guten Tag, das ist hier die junge Frau, die ich von Kindheit an betreue, Maria."

Die Dame verbeugte sich schüchtern und blickte zu Boden. Ravèl hatte sofort ihre scheuen, aber schönen Augen bemerkt. Es war ein eigenartiges Gefühl, als er in ihr blasses Gesicht schaute, doch sie wich seinem Blick aus.

Frau Genet übernahm das Gespräch und schaute Maria dabei an. „Nun zeig Herrn Ravèl deine Mappe!" Ängstlich reichte sie ihm diese. Sie hatten wieder in der Diele Platz genommen. Ravèl öffnete die Mappe und stellte fest, daß die Zeichnungen und Entwürfe gar nicht so schlecht waren. Er nickte wohlwollend und schaute sie dabei an, doch sie wich seinem Blick verschämt aus.

Die Frau erzählte, daß ihr Vater ganz selten zu Hause ist, und Maria von Kindheit an nur mit ihr zusammen war.

Ein Hauslehrer für Stumme hat sie unterrichtet.

Ihr Vater möchte sie gern in der Malerei ausbilden lassen, denn er ist der Meinung, daß sie Talent besitzt. Ravèl unterbrach ihren Redefluß und sagte: „Ja, sie hat auch Talent, was aber geschult werden müßte."

Andrè schaute sie an und fragte: „Wollen Sie mal zu mir kommen und mir beim Malen zuschauen?"

Er vernahm ein verschämtes Lächeln und sie nickte dazu.

„Ich würde Ihnen die Grundbegriffe beibringen und Sie könnten auch selbst malen, ist das ein Angebot?"

Wieder nickte sie mit ihrem kastanienbraunen Köpfchen. Frau Gernet fragte: „Wann wäre es Ihnen denn recht? Ich müßte sie natürlich bringen und holen."

„Das ist kein Problem, Paola, meine Haushälterin könnte sie auch ein Stück herunter bringen, und Sie holen Maria dann dort ab. Wie wäre es am kommenden Montag, so gegen 14 Uhr?"

„Ja, das läßt sich einrichten." Ravèl reichte ihr die Mappe zurück und schaute sie dabei an und sagte: „Also, am Montag erwarte ich Sie." Lächelnd nickte sie ihm zu.

Frau Genet bedankte sich und versicherte ihm, daß sie Maria bringen wird.

Wie besprochen, am Montag, pünktlich um 14 Uhr kam Frau Genet mit Maria. Der Künstler fragte: „Wann wollen Sie Maria wieder abholen, oder möchten Sie inzwischen bei Paola, meiner Hausangestellten, bleiben?"

„Ja, wenn ich ihr nicht die Zeit stehle, würde ich schon gleich bleiben, denn länger als eine Stunde möchte Maria nicht gefordert werden."

„Gut, dann gehen wir doch gleich mal in mein Atelier, damit Sie meinen Arbeitsplatz kennen lernen."

Schüchtern folgte sie ihm nach oben. Er schaute sie an und fragte: „Darf ich Sie Maria nennen?" Was sie durch Kopfnicken bejahte. Erschrocken nahm sie das Bild von Alice wahr.

Ravèl hatte es bemerkt und erklärte ihr, daß es seine Frau wäre, die aber nicht mehr am Leben ist. Die Erklärung fiel ihm aber sehr schwer. Maria trat an das Fenster und zeigte mit einer Geste hinaus aufs Meer, wobei sie öfter mit dem

Kopf nickte. Er verstand. Sicher hatten sie drüben auf der Steilküste von dem schrecklichen Tod der Frau des Malers gehört.

Ravèl versuchte sie von dem Bild abzulenken und führte sie an den Tisch mit den vielen Farbentuben, Näpfchen und Pinseln. Auf einer Staffelei stand ein Bild, welches Fischer darstellte, die gerade beim Sortieren ihres Fanges beschäftigt waren. Dieses Bild mußte unbedingt fertig werden. Er nahm einen Pinsel und tauchte ihn in die Farbe ein, die auf der Palette schon gemischt vorbereitet war. Mit wenigen Pinselstrichen vervollständigte er ein Boot. Noch einmal nahm er Farbe auf und drückte ihr den Pinsel in die Hand. Ängstlich schaute sie den Maler an und er legte seine Hand auf ihre und führte sie behutsam auf die Leinewand, um das Boot noch einmal zu übermalen.

Sie war stolz, daß er sie mit an seinem Bild malen ließ. Aber dann hatte er eine kleine Leinewand vorbereitet und gab ihr zu verstehen, daß sie irgendein Motiv darauf malen sollte. Das war nicht so einfach für sie, denn mit Ölfarbe hatte sie noch nie auf Leinewand gemalt.

Nach langem Zögern nahm sie ihren Skizzenblock zur Hand und zeichnete mit wenigen Strichen eine Steilküste, Strand und Meer.

Ravèl nickte ihr zu und ließ sie gewähren.

Als sie sich unbeobachtet fühlte, griff sie nach dem Pinsel und Farbe.

Heimlich schaute der Künstler zu ihr hin, was er eigentlich öfter tat. Irgend etwas fesselte ihn, sie anzuschauen. Manchmal kam es ihm vor, als wenn er sie schon immer kannte, aber das war nur Einbildung.

Inzwischen hatte Maria auf die Leinewand eine Linie angedeutet, die Himmel und Meer voneinander trennte. Verschämt schaute sie ab und an zum Meister, aber er tat, als wenn er sie gar nicht wahrnahm.

So zeigte sie Mut und begann mit blauer Farbe den Himmel zu malen. Die erste Stunde ging zu Ende, und er half ihr, den Pinsel zu reinigen. „So Maria, für heute soll es erst einmal genug sein. Wollen Sie wiederkommen?"

Ein Lächeln huschte über ihr Gesicht, und sie zeigte mit Kopfnicken, daß sie es wollte.

„Dann wollen wir hinuntergehen und Frau Genet fragen, wenn sie bereit ist, Sie wieder herüber zu bringen."

Für die beiden Frauen war die Stunde viel zu schnell vergangen, denn sie hatten sonst doch wenig Gelegenheit, sich einmal privat zu unterhalten.

„Na Maria, hat es dir gefallen?"

Ein Lächeln genügte ihrer Ersatzmutter um zu wissen, daß es schön war. „Wenn es Ihnen keine Umstände macht, können Sie Maria am Mittwoch wieder zu mir bringen."

„Gern Herr Ravèl, also dann bis Mittwoch."

Ravèl und Paola schauten den beiden nach und machten sich so ihre Gedanken.

Maria kam bald regelmäßig, zweimal in der Woche. Sie machte große Fortschritte, denn schon bald kam sie ohne Frau Genet. Ihr Talent entwickelte sich zur Zufriedenheit des Meisters. Er konnte es sich gar nicht mehr vorstellen, ohne Maria an seiner Seite zu malen.

Paola stellte fest, daß ihr Herr viel freundlicher und gesprächiger geworden war. Ganz heimlich kam ihr der Gedanke zu glauben, wenn Maria sprechen könnte, vielleicht würde er sich in sie verlieben, trotz des Altersunterschiedes. Fast ein halbes Jahr ging Maria nun schon im Hause Ravèl ein und aus. Längst brauchte der Meister die Hand beim Malen seines Schützlings nicht mehr zu führen. Einige kleine Bilder hatte sie schon eigenhändig gemalt. Jedes der Unikate wurde immer besser.

Nun zog aber schon der Winter in das Land und Maria konnte nicht mehr so oft kommen, denn die Wege zu den Steilküsten waren klitschig und glatt.

Doch eines Tages hatte es Maria gewagt, wieder zu Ravèl zum Malen zu gehen, obwohl Frau Genet es nicht gern sah. Doch sie konnte ihren bettelnden Blicken nicht widerstehen und ließ sie gehen.

Ravèl war überrascht, und Paola war es nicht entgangen, daß er sich freute.

Maria mußte sich erst einmal aufwärmen, denn mit diesen klammen Händen hätte sie den Pinsel nicht halten können. Paola hatte gleich einen heißen Tee bereitet, worüber Maria und auch Andrè sehr dankbar waren.

Aber dann begann sie, an ihrem Bild weiterzumalen.

Der Meister bewunderte ihre Ausdauer. Doch bald mußte er die großen Lampen einschalten, denn das Licht von draußen reichte nicht mehr aus. Der Himmel hatte sich zunehmend verdunkelt. Das Radio meldete Sturmwarnung. Ravèl war es klar, daß Maria nicht mehr rechtzeitig nach Hause kam.

Da klingelte das Telefon: „Hier Frau Genet!"

„Ja, hier ist Paola."

„Bitte sagen sie mir, ist Maria noch bei Ihnen, oder ist sie gar schon unterwegs?"

„Nein, nein, sie ist noch bei uns, und wird auch bei uns bleiben müssen. Aber machen Sie sich keine Sorgen. Moment, Herr Ravèl wird es Ihnen selbst sagen."

„Hallo? Hier Dr. Ravèl, bitte Frau Genet, keine Angst, Maria bleibt heute hier, und morgen sehen wir weiter. Als wir das Wetter bemerkten, war es schon zu spät um sie loszuschicken. Also, ich melde mich bei Ihnen."

Maria hatte das Gespräch gehört und ihr war klar, daß sie diese Nacht im Hause des Malers verbringen mußte. Dieser Umstand machte sie ganz unsicher. Noch nie hatte sie woanders geschlafen.

Paola nahm sie an die Hand und ging mit ihr in die Küche. „Sie werden heute mit uns zu Abend essen, aber erst zeige ich Ihnen, wo sie schlafen werden, kommen sie bitte mit."

Sie stiegen gemeinsam die Treppe hinauf, wo im Seitenflügel das Gästezimmer lag. Paola ergriff ihre Hand und sagte: „Hier ist das Bad, was Sie selbstverständlich benutzen dürfen."

Draußen tobte inzwischen ein heftiger Schneesturm, der gar nicht aufhören wollte. Sie waren dieses Wetter aber an der Steilküste gewöhnt.

Im Kamin knisterten die großen Holzscheite, die eine wohltuende Wärme verbreiteten.

Paola deckte den Tisch heute für drei Personen. Der Hausherr hatte seinen Platz schon eingenommen. Mit einer Handbewegung zeigte er Maria ihren Platz ihm gegenüber.

Ganz verlegen setzte sie sich, aber zulangen traute sie sich nicht. Paola reichte ihr eine Scheibe Brot und deutete auf die Butter und den Belag. „Na kommen Sie, langen Sie zu, oder sind Sie etwas anderes gewöhnt?" Sie schüttelte den Kopf und begann sich ein Brot zu streichen, und es schien ihr auch zu schmecken.

Da es noch zu früh war, um schlafen zu gehen, saßen sie noch beieinander, aber keiner sprach ein Wort.

Doch plötzlich stand Maria auf und ging auf den Flügel zu. Lange hatte dort niemand darauf gespielt. Fragend schaute sie zu Ravèl, der sofort begriff, was sie wollte. „Können Sie denn spielen?"

Ohne lange zu überlegen, öffnete sie den Deckel und tippte einen Ton an. Sie rückte sich den Hocker zurecht und begann eine seltsame, fast traurige Weise zu spielen. Andrè war gerührt. „Wo haben Sie denn spielen gelernt? Es ist ja phantastisch. Bitte lassen Sie noch etwas hören."

Nach kurzem Überlegen begann sie noch einmal, doch es klang so traurig, wie ihr Leben auch war, und Lachen hatte sie nie gelernt.

Der Hausherr dankte ihr, indem er seine Hand auf ihre Schultern legte und sagte: „Danke Maria, das war für uns eine schöne Bereicherung und so werden wir den Abend ausklingen lassen. Paola wird Sie nach oben bringen, ich wünsche Ihnen eine gute Nacht."

Maria drückte ihm dankbar die Hand und verschwand im Bad. Auch Paola zog sich in ihre eigenen vier Wände zurück.

Andrè saß noch lange, in Träumen versunken in seinem Sessel.

Auf Zehenspitzen huschte Maria in das ihr zugewiesene Schlafzimmer. Sogar ein Nachtkleid hatte Paola für sie auf das Bett gelegt. Sicher war es von der bildhübschen Frau des Malers. Sie zog sich die Bettdecke bis an die Nasenspitze und lauschte in die stürmische Nacht hinein.

Im Haus war alles stil,l und bald fielen ihr die Augen zu.

Doch einen tiefen Schlaf konnte sie nicht finden. Immer wieder tauchten rätselhafte Wesen auf. Einmal tanzte eine rothaarige Frau vor ihr. Dann sah sie ganz deutlich die schöne Alice in ihrem Chiffonkleidchen, die ihr zulächelte. Aber dieses schöne Bild wurde jäh zerschlagen, als große Felsbrocken donnernd in das Meer stürzten. Diesen Traum hatte Maria schon öfter gehabt. Sicher hing das mit dem Sturz aus ihrer Kindheit zusammen.

Schweißgebadet schreckte sie auf und brauchte eine Weile bis sie begriff, wo sie war. Sie konnte auch die restlichen Stunden Nacht keinen ruhigen Schlaf finden.

Das Sturmtief war abgezogen, hatte aber viel Schnee hinterlassen. Paola war schon ganz früh aufgestanden, um die Schneemassen vor dem Hauseingang zu beseitigen. Auch die Zufahrt zum Haus hatte jeder selbst zu beräumen. Da mußte auch der Hausherr mit anpacken, aber das war für ihn eine willkommene Abwechslung.

Am Nachmittag konnte Paola Maria nach Hause begleiten. Frau Genet war froh, daß ihr Schützling wieder da war, denn für sie war es auch ungewöhnlich, allein im Haus zu sein. Sie bat Paola wenigstens mal kurz hereinzukommen, was sie auch tat. Sie stellte fest, daß es ein ganz nobles Haus war. Doch die beiden Frauen waren auch sehr einsam, denn der Herr war nie zu Hause und wenn, dann nur für kurze Zeit.

Die Frauen nahmen sich vor, daß sie sich öfter einmal treffen wollten.

„So, jetzt muß ich aber gehen, denn es wird zeitig dunkel."

„Wenn der Weg besser ist, kommt Maria selbstverständlich wieder hinüber zum Malen. Nochmals vielen Dank für alles und einen Gruß an Herrn Dr. Ravèl."

„Ich werde es ausrichten, und nun Adieu!"

⁂

Wieder stand das Weihnachtsfest vor der Tür und Ravèl machte Paola den Vorschlag, Frau Genet und Maria zu sich einzuladen. „Was sagen Sie dazu?"

„Das ist eine gute Idee, aber vielleicht ist auch Marias Vater da und sie wollen unter sich sein."

„Das werden wir erfragen, es wäre auch nicht schlecht, ihn kennen zu lernen. Ich werde es selbst in die Hand nehmen, damit wir wissen, woran wir sind."

Noch am gleichen Tag rief sie bei Frau Genet an und unterbreitete ihr den Vorschlag.

„Das ist sehr freundlich von Ihnen, aber ich kann noch nicht zusagen. Höchstwahrscheinlich kommt mein Herr mit seiner neuen Freundin über die Festtage. Sollte er nicht kommen, nehmen wir die Einladung dankend an. Ich sage Ihnen so bald wie möglich Bescheid."

Kurzfristig sagte der Herr Kapellmeister ab, da er die Feiertage in Tokio ein großes Konzert gab. Angeblich bedauerte er es sehr, seine Tochter nicht in die Arme schließen zu können. Ein Weihnachtspaket sei unterwegs. Aber Frau Genet hatte ihre Zweifel, ob er überhaupt die Absicht hatte zu kommen. Die neue Freundin würde wohl kein Interesse haben, seine stumme Tochter kennen zu lernen.

Maria war sehr traurig, hatte sie schon keine Mutter, hätte sie schon gern einen richtigen Vater gehabt. Der liebte aber die Frauen und die weite Welt mehr als seine Tochter.

So freute sie sich, als ihr Louise (Frau Genet) von der Einladung des Herrn Dr. Ravèl erzählte.

Maria war wieder zum Malen gekommen und Paola und Louise waren zusammen in die Stadt gefahren, um Weihnachtseinkäufe zu erledigen.

Die beiden Frauen waren inzwischen gute Freundinnen geworden. Vollbepackt kamen sie zurück. Es wurde noch besprochen, wie der Heilig Abend und die Feiertage ablaufen sollten.

Paola wollte das Kochen übernehmen und Louise hatte sich für die Bäckerei entschieden.

Der Hausherr kam dazu und unterbreitete den Frauen, daß er gern Michel und Caroline wieder dabei haben möchte.

„Ich habe zwar noch nichts gesagt, aber wie ich denke, werden die beiden Alten sehr gern zu uns herauf kommen.

„Das ist sehr schön, da sind wir eine richtige große Familie", sagte Paola.

Maria stand im Hintergrund und ihre Augen glänzten heute ganz besonders. Louise bemerkte es sofort. Was ging in ihr vor?

Sie hatte zwar einen Verdacht, aber den behielt sie ganz für sich.

Also lud Ravèl den Michel und seine Caro zu sich ein.

„Wir kommen gern aber nur, wenn wir etwas, in Form einer Gans, dazu beisteuern können." Paola schmunzelte, denn eine Gans hatte sie noch nicht eingekauft.

Für Louise und Maria sollte es ein ganz besonderes Fest werden, denn meist waren sie allein.

Ja, überhaupt begann für sie ein neues Leben, denn Freunde hatten sie bisher nicht. Das Weihnachtsfest war dafür ein Anfang.

Man konnte zusehen, wie Maria zu einer jungen, strahlenden Frau aufblühte. In der Malerei machte sie mit Hilfe, von Andrè Ravèl, große Fortschritte.

Einmal seufzte Louise gegenüber Paola und meinte: „Ich wäre der glücklichste Mensch, wenn meine Maria wieder sprechen könnte, aber die Ärzte glauben auch nicht mehr daran. Sicher würde sie einen guten Mann finden, der sie für ihre verlorene Jugend entschädigte. Weißt du, heute kann ich es dir ja sagen, ich glaube sogar, daß Andrè mehr für sie empfindet, als wir es ahnen."

„Auch ich habe schon manchen Blick von ihm erhascht, wenn er sie heimlich, aber sehnsüchtig ansah. Er ist ja auch nur ein Mann, der sein Verlangen nach so langer Zeit stillen möchte. Sie ist sehr schön, wenn auch sehr unerfahren, aber bestimmt würde er sie sehr taktvoll und schonend an die Liebe heranführen. Ach, was reden wir da, es ist doch nicht unsere Aufgabe, sie zu verbinden."

5. Kapitel

Der Winter ging vorüber und wieder war es Frühling.

Marias Vater war schon ein halbes Jahr nicht mehr nach Hause gekommen. Ab und zu kam eine Karte aus aller Welt und er machte ihr Hoffnung, Ostern zu Hause zu sein.

Louise bereitete alles für seinen Empfang vor.

Doch es kam alles ganz anders. Statt seiner, kam ein Telefonat von der chinesischen Botschaft, daß Herr Sartrè bei einem Flugzeugabsturz ums Leben gekommen sei. Näheres würden sie in den nächsten Tagen erfahren.

Ein kurzer Beileidsgruß, das war alles.

Louise fiel der Hörer aus der Hand und wurde kreidebleich. Maria kam dazu, denn sie hatte das Telefon gehört und glaubte, ihr Vater hätte angerufen. Louise brachte kein Wort heraus. Wie sollte sie Maria diese Nachricht übermitteln? Sie begriff es selbst nicht.

Maria ahnte, daß etwas passiert sein mußte. Sie ging auf Louise zu und streichelte ihre Wangen. Louise konnte ihre Tränen nicht mehr unterdrücken.

Schluchzend nahm Louise ihre Maria in den Arm und berichtete ihr, daß ihr Vater nicht kommt, überhaupt nicht mehr kommt, dann blieben ihr die Worte im Hals stecken. Fragend schaute Maria Louise an, die jetzt allen Mut zusammen nahm und stockend sagte sie: „Mein liebes Kind, du mußt jetzt ganz stark sein. Dein Vater ist mit seinem Privatflugzeug abgestürzt. Er ist tot."

In Marias Gesicht zeigte sich vorerst keine Regung. Wie versteinert stand sie da. Man hätte meinen können, dieser Schock würde ihre Sprache zurück bringen. Indessen stürzte sie in ihr Zimmer, was sie dann tagelang nicht verließ. Das Essen blieb meist unangerührt.

Louise war verzweifelt, denn sie wußte nicht, wie sie ihr großes Kind zum Essen überlisten konnte. Ja, es war nun wirklich ihr Kind.

Vielleicht konnten ihr Hausarzt und Andrè Ravèl etwas erreichen. Er hatte sich schon gewundert, einige Tage nichts gehört zu haben. Umso mehr war er schockiert, als er von Frau Genet das Unfaßbare hörte. Selbstverständlich machte er sich gleich zu seinen Nachbarn auf den Weg. Louise war froh als er kam. Nach mehrmaligen Klopfen an Marias Tür, öffnete sie. „Darf ich hereinkommen?"

Ohne eine Geste abzuwarten, ging er auf sie zu und streckte ihr beide Hände entgegen und nahm sie in seine Arme.

Hemmungslos weinte sie und ließ alles geschehen. Zum ersten Mal konnte er sich nicht mehr bremsen und Andrè küßte sie zärtlich. Willenlos lag sie in seinen Armen. Jetzt wußte er, sie gehört ihm und er hatte das Gefühl, daß sie es auch wollte.

Er hatte nie daran geglaubt, daß er je wieder eine Frau küssen und lieben könnte.

Seine Gedanken flogen zurück zu Alice und er bat sie um Verzeihung. Er wußte selbst nicht wie ihm geschah, es war einfach wunderbar.

Marias Trauer war für ihn ein zweites Glück.

Louise wollte gerade das Zimmer betreten, als sie die zwei unterschiedlichen Menschen umschlungen sah.

Eine innere Zufriedenheit machte sich in ihrem Herzen breit. Jetzt wußte sie, daß sich noch ein guter Mensch Marias annahm, und daß sie die Sorgen um sie nicht mehr allein tragen mußte.

Nun kam auch noch der gerufene Hausarzt. Frau Genet erzählte ihm von dem Unglück ihres Herrn und von dem Ereignis, was sich eben zwischen Maria und Herrn Ravèl zugetragen hatte.

Der Doktor klopfte ihr auf die Schulter und meinte: „Na, vielleicht wird für Maria doch noch alles gut, manchmal soll es auch Wunder geben", und damit verabschiedete er sich.

Frau Genet wartete nun der Dinge, die da kommen sollten. Es mußte sich ja irgend etwas tun.

Der Familienberater und Freund des Hauses Sartrè hatte bereits von der Polizei vom Unglück erfahren und suchte Frau Genet auf.

Durch einen hinterlassenen Brief, im Falle eines Unglücks war sein Wille, daß seine Asche in alle Winde verstreut werden sollte. Somit wollte er keine Bestattungsfeier. Das wäre bei dem Absturz über dem Meer ohnehin nicht möglich gewesen.

Herr Sartrè hatte natürlich auch ein Testament hinterlegt, was in Kürze eröffnet werden sollte. Davon setzte der Anwalt, Herr von Daalen, Frau Genet in Kenntnis.

Ungefähr in vier Wochen soll die Testamentseröffnung in Nantes sein.

„Wie nimmt denn Maria den Tod des Vaters auf?"

„Erst war sie ja am Boden zerstört, und ich hatte große Sorgen, aber jetzt geht es ihr schon wieder besser. Herr Dr. Ravèl steht ihr sehr zur Seite, was mich doch beruhigt."

„Also, wenn Sie Fragen haben, Sie wissen ja wie Sie mich erreichen können, Adieu!"

Louise bemerkte, daß sich Maria besonders sorgfältig ankleidete und ahnte, daß sie zu Andrè gehen würde.

„Willst du ausgehen?" Sie lächelte Louise an und nahm ihren Malkoffer, winkte ihr zu und verschwand.

Louise war erleichtert und rief ihr zu: „Soll ich dich abholen?" Maria drehte sich noch einmal um und schüttelte mit dem Kopf.

Andrè war überrascht, als er sie den Weg heraufkommen sah. Er lief ihr auch gleich entgegen.

„Ich freue mich, daß du kommst," aber sie zu küssen traute er sich nicht. Er wollte nichts verderben und überstürzen, denn heute war sie ja nicht in dieser trostlosen Verzweiflung.

„Möchtest du gleich malen, oder wollen wir ein Stück im Park spazieren gehen?" Sie schlugen den Weg zur Bank ein und nahmen darauf Platz. Ihre Blicke streiften hinaus aufs Meer.

Andrè spürte wie sie sich behutsam an ihn lehnte, so daß ihm ganz warm wurde. Er mußte sich beherrschen sie nicht an sich zu reißen und zu küssen. Er hoffte aber, daß es ihr Wunsch auch war. Er wagte nur seinen Arm um sie zu legen, was sie auch geschehen ließ. Plötzlich stand sie auf und kniete sich vor Alices Gedenkstein und strich zärtlich mit der Hand ein paar mal darüber, dabei schaute sie Andrè fragend an. Weil er nicht deuten konnte was sie damit meinte, fragte er: „Wollen wir nun ins Haus gehen? Du bist doch zum Malen gekommen, denn du hast doch deinen Koffer mit."

Gemeinsam gingen sie ins Atelier und Maria packte ihre Utensilien aus. Andrè aber fand heute keine Animation, denn seine Gedanken waren nur bei Maria. Sollte er sich der Versuchung hingeben? War es überhaupt richtig, sich um sie zu bemühen?

Je mehr er darüber grübelte, umso überraschend kam ihm sein Ziel vor. Doch wenn er abends allein in seinem Bett lag, verspürte er ein großes Verlangen, sie zu seiner Frau zu machen. Aber sicher gab es auch da noch manches Hindernis zu überwinden.

Nach vier Wochen kam der Bescheid vom Amtsgericht zur Testamenteröffnung. Geladen waren nur Maria Sartrè und Frau Louise Genet. Herr von Daalen war als Anwalt und Freund des Hauses anwesend.

Andrè Ravel begleitete die Damen.

Die Verlesung des Testaments war kurz und bündig.

Maria, als einzige Tochter, war als Alleinerbin des gesamten Besitzes eingesetzt. Frau Genet erhielt das Wohnrecht und eine beträchtliche Geldsumme, womit sie nicht gerechnet hatte. Aber das stand ihr mit Recht zu, denn sie vertrat ja die Mutterstelle von Maria und hatte viele Jahre im Haus gedient.

Das Ganze dauerte eine halbe Stunde und Maria und Louise waren in kurzer Zeit reich geworden.

Anschließend gingen sie mit Andrè und Herrn von Daalen in ein vornehmes Restaurant.

Die Verwaltung des Vermögens blieb nach wie vor in den Händen ihres Beraters und Freundes Herrn von Daalen, obwohl die Frauen jederzeit über ihr Geld verfügen konnten.

Der Ablauf im Hause Sartrè verlief wie bisher.

Maria ging fast täglich zu Andrè zum Malen.

Louise traf sich öfter mit Paola. Eines Tages führten sie ein ganz vertrauliches Gespräch. Louise glaubte immer mehr an eine feste Verbindung zwischen Andrè und Maria.

„Wenn es wirklich zu einer Heirat zwischen den beiden kommen sollte, wird wohl Maria bei Andrè wohnen wollen und unser Haus bliebe leer."

„Da könnte ich mir vorstellen, daß wir aus unserem Anwesen ein Ferienhaus machen könnten. Ich würde die Betreuung der Gäste übernehmen und hätte eine lohnende Aufgabe, die noch Geld einbringt. Aber bitte, behalte das alles für dich, denn vorläufig ist noch gar nicht daran zu denken und dann hat ja Maria das letzte Wort zu sprechen.

„Der Gedanke ist nicht schlecht aber wie gesagt, ob es tatsächlich zu einer Heirat kommt, das wissen nur die Götter."

Seit diesem Gespräch beobachtete Paola ihren Herrn und Maria bewußter. Sie merkte deutlich, daß Maria viel freier und offener gegenüber Andrè geworden war. Wenn sie nach Hause ging, küßte er sie ganz öffentlich auf die Wangen und sie lächelte ihn an.

Eines Tages, als Maria nach Hause gegangen war faßte sich Paola ein Herz und fragte Andrè direkt: „Ich möchte ja nicht indiskret sein, aber wäre Maria nicht eine Frau für Sie?"

Auf diese Frage war er allerdings nicht vorbereitet, und er wußte im ersten Moment nicht was er antworten sollte. Dann aber lächelte er verlegen und meinte: „Das wäre aus meiner Sicht nicht ausgeschlossen, aber da habe ich so meine Zweifel, ob Maria dafür bereit wäre. Sie zeigt zwar Zuneigung, aber das allein reicht nicht für eine Ehe aus." Damit war das vertraute Gespräch beendet.

Louise fühlte sich manchmal sehr einsam in dem großen Haus, denn Maria war täglich bei Andrè.

Immer wieder war der Gedanke von einem Ferienhaus in ihrem Kopf. Sie überlegte hin und her wie sie das Maria übermitteln sollte. Vielleicht sollte sie das erst einmal mit Herrn von Daalen besprechen? Sicher würde er sie gut dabei beraten. Am gleichen Tag rief sie ihn an. „Hier ist Louise Genet, könnten Sie gelegentlich mal kommen, ich brauche einen Rat von Ihnen?"

„Aber gern Louise, ich könnte es heute noch möglich machen, wenn es Ihnen recht ist?"

„Gut, ich erwarte Sie, das trifft sich gut, denn Maria ist nicht zu Hause, also bis später."

Wie versprochen erschien Herr von Daalen am frühen Nachmittag.

„Ich grüße Sie, was haben Sie auf dem Herzen?"

„Bitte nehmen Sie Platz, ich brauche Ihren Rat", und sie erzählte ihm, was in ihrem Kopf vorging.

„Das ist ja eine fabelhafte Idee, ich bewundere Sie. Soll ich mit Maria darüber reden?"

„Ja, ich dachte, daß es gut sei, wenn Sie das in die Hand nehmen würden."

„Haben Sie denn schon Vorstellungen, wie Sie das Haus umgestalten wollen?"

„Natürlich habe ich mir schon Gedanken gemacht, aber wichtig ist ja die Zustimmung von Maria. Ich glaube, sie kommt gerade, würden Sie gleich heute mit ihr reden?"

„Warum nicht?"

Louise ging ihr entgegen und brachte ihr bei, daß Herr von Daalen gern mit ihr sprechen möchte.

Maria gab ihm freundliche die Hand und setzte sich ihm gegenüber. „Liebe Maria, Sie sind fast täglich bei Herrn Ravèl und Frau Louise fühlt sich oft sehr einsam. Da ist ihr der Gedanke gekommen, aus Ihrem Haus ein Ferienhaus zu machen, groß genug ist es ja, haben sie mich verstanden? Einige Zimmer sind ja schon jahrelang nicht mehr genutzt worden."

Sie schaute ganz verdutzt, aber sie hatte verstanden. „Wären Sie denn damit einverstanden?"

Etwas ungläubig schaute sie Louise an, dann stand sie auf und nahm sie beim Kopf.

„Du sollst auch deine Räume behalten. Ich dachte, wir behalten den ganzen rechten Flügel, wo deine Zimmer liegen. Also bist du einverstanden?"

Mit Lächeln und Kopfnicken gab sie ihre Zustimmung.

„Na, was ich sage, ich habe es doch gewußt, daß Maria eine kluge Frau ist. Wann soll es denn losgehen?" fragte Herr von Daalen.

„Ich werde es langsam angehen, aber sicher noch in diesen Sommer. Vorerst würde ich mit zwei Zimmern anfangen und im nächsten Jahr zwei weitere, wenn alles gut läuft."

„Das ist sehr vernünftig, ich werde Sie natürlich dabei unterstützen."

Er erhob sich, gab den beiden Frauen die Hand zum Abschied.

Louise ging mit Maria nach oben und erklärte ihr, wie sie sich das gedacht hat. Die Veränderung im Haus schien ihr zu gefallen, denn alles was Louise ihr sagte, bestätigte sie mit einem wohlwollenden Lächeln.

Jetzt hatte Louise Genet eine Aufgabe vor sich, die ihr viel Freude bereiten würde. Auch Maria machte sich nützlich.

Sie fuhren zusammen in die Stadt um Tapeten und Gardinen zu kaufen. Ein Maler wurde aus dem Dorf bestellt, der sehr neugierig war, das Haus kennen zu lernen.

Aber Frau Genet erzählte ihm nicht viel, so daß es im Ort ein Rätselraten gab, was da oben wohl vor sich ging.

Einige glaubten, daß die junge Frau vielleicht gar heiraten würde, aber wer sollte schon eine stumme Frau oder die Haushälterin heiraten? Andere wieder wußten, daß der Kunstmaler Andrè Ravèl ..., aber der hat doch selbst sein Schlößchen, er wird doch nicht darüber ziehen?

Diese Gespräche kamen auch Michel zu Ohren.

„Was gehen euch auf einmal die Leute da oben an, ihr habt sie doch immer als Außenseiter betrachtet? Ihr werdet schon zeitig genug erfahren, was sich da tut."

„Du mußt doch etwas wissen, du verkehrst doch mit dem Maler?" Michel schmunzelte verschmitzt und ließ die Neugierigen stehen. In Wirklichkeit wußte er auch nicht alles, aber er konnte sich so einiges zusammenreimen. Er würde es Andrè von Herzen gönnen, wenn er sich wieder eine Frau nähme.

Im Hause Sartrè gingen die Arbeiten zügig voran, so daß Louise ihre Zimmer über eine Annonce anbieten konnten.

Schneller als erwartet, kamen auch schon die ersten Buchungen.

Auch Andrè dachte gleich an seine Pariser Freunde, ihnen das Haus auf dem Nachbarfelsen anzubieten.

Robert und Annette wollten auch gleich davon Gebrauch machen. Doch Claire war etwas enttäuscht und fragte Andrè, warum sie denn nicht bei ihm wohnen könne. „Hast wohl die feste Absicht diese junge Frau zu heiraten und brauchst dein Haus ganz für dich?"

„Ja, Claire, Heiratspläne habe ich wohl, deshalb kannst du noch gern zu uns kommen, aber du würdest doch sicher wieder bei Paola wohnen wollen?"

„Nur, wenn ihr alle kommen wollt, wäre es doch zu eng."

Traurig fragte sie: „Wann wirst du denn heiraten?"
„Vorläufig habe ich noch gar keinen Antrag gemacht, ich weiß ja auch nicht, wie Maria darauf reagierten wird. Aber bald wird sich das entscheiden."

Das beruhigte Claire doch ein wenig, denn sie hatte immer noch Hoffnung, daß er zu ihr finden würde.

Es war ein strahlend schöner Sonntag und Andrè saß mit Maria oben auf der Bank und träumten in den Tag hinein.

Er hatte seinen Arm um sie gelegt, und es überkam ihn ein tiefes Verlangen sie zu küssen. Maria schien es zu spüren. Sie schauten sich lange in die Augen und langsam näherten sie sich. Maria ließ es geschehen, daß Andrè sie lange und heiß küßte. Er nahm ihre Hand und sagte: „Liebste Maria, bitte hör mir gut zu, ich möchte dich jetzt fragen: Willst du meine Frau werden?"

Für einen Moment schloß sie die Augen und legte ihren Kopf an seine Brust. Im stillen hoffte er, es käme ein „Ja" von ihren Lippen, indessen nickte sie wie immer. Aber ihre Augen strahlten und zum ersten Mal gab sie ihm einen langen Kuß.

Hand in Hand gingen sie ins Haus und Andrè stellte Paola seine Braut vor. Sie war so gerührt, daß sie beide umarmte und ihnen Glück wünschte.

Am Nachmittag machten sie sich auf den Weg zu Louise, die nichtsahnend beide Hand in Hand kommen sah. Sollte etwa gar?

Andrè ergriff das Wort und sagte: „Liebe Frau Louise, sie sollen es jetzt erfahren, wir werden heiraten!"

„Nein, hat sich mein Wunschtraum erfüllt! Kommt her, lasst euch umarmen!" Sie nahm ihre kleine Maria in die Arme und Tränen vor Glück rollten ihr über die Wangen. Dann ergriff sie Andrès Hände und sagte: „ Komm her, du bis jetzt mein Schwiegersohn, da darf ich doch Andrè sagen?"

„Aber natürlich, wir werden ja eine Familie."

Sie holte eine Flasche Champagner aus dem Keller um die Verlobung zu begießen.

„Ihr gestattet, daß ich Herrn von Daalen diese Neuigkeit erzähle?"

„Ja, tu das, er wird sich bestimmt für Maria freuen."

Nun ließ es Louise keine Ruhe mehr und fragte: „Habt ihr denn schon einen Termin für die Hochzeit?"

„Nein, nein, aber in jedem Fall noch im Herbst."

„Na, da habe ich einen Vorschlag. Deine Pariser Freunde haben doch im September ihren Urlaub bei uns gebucht und du würdest sie doch bestimmt dabei haben wollen?"

„Das ist ja eine fabelhafte Idee, ach Louise, wenn wir dich nicht hätten." Er faßte sie um die Taille und wirbelte sie herum.

„Ich bin so glücklich, daß ich das erleben darf, daß meine Maria doch, trotz allem, einen guten Mann bekommt."

Herr von Daalen kam noch am Abend und beglückwünschte das junge Paar.

„Na, Frau Louise, da bekommt man doch auch gleich Lust zu heiraten, oder nicht?"

Verlegen sagte sie: „Ja, ja, aber da gehören doch zwei dazu."

„Wenn Herr Dr. Ravèl gestattet, würde ich gern Brautführer sein, denn Marias Vater war es ja nicht mehr vergönnt."

„Das ist eine gute Idee", bestätigte Andrè und sie lachten und scherzten und saßen noch lange fröhlich, wie schon lange nicht mehr, zusammen.

Andrè hatte das Gefühl, daß Chak von Daalen sehr großes Interesse für Louise zeigte. Aber bis heute hatte er noch keinen Mut gehabt, ihr das spüren zu lassen. Doch an diesem Abend wurde ganz locker über Gefühle gesprochen. Ganz ungeniert scherzte er und trank ihr zu. Sollte es am Ende gar eine große Familie werden?

Chak von Daalen war jetzt öfter im Haus Sartrè anzutreffen. Louise machte sich schon Gedanken, ob sie auch bereit wäre, den Herrn von Daalen zu heiraten. Er war ein gutaussehender Mann, Anfang der Sechziger und seit ein paar Jahren Witwer.

Andrè eröffnete Louise, daß er mit Maria am Sonntag zum Gottesdienst in die Dorfkirche gehen wollte. Anschließend wollte er mit dem Pfarrer einen Heiratstermin festlegen, denn früher könne er keine Einladungen abschicken.

„Noch etwas Louise, wenn es soweit ist, würdest du mit Maria ein Brautkleid aussuchen gehen?"

„Gern übernehme ich das, es wird mir eine große Freude bereiten, vielleicht nehmen wir auch Paola mit. Alles weitere besprechen wir später."

Nun war es Andrès Aufgabe, Maria zu sagen, daß sie beide zusammen in die Kirche gehen mußten, denn der Pfarrer möchte auch die Braut kennen lernen. Das war gar nicht so einfach, denn Maria war noch sehr menschenscheu. Sie sah es aber ein, daß sie dabei sein mußte.

Also, holte Andrè am Sonntag seine Braut ab und ging mit ihr in die kleine Dorfkirche.

Schon auf dem Weg dahin bemerkten sie, wie die Kirchgänger verwundert ihre Köpfe zusammenstecken und sie sicher fragten, was das wohl zu bedeuten hat. Selbst der Pfarrer, der am Portal seine „Schäfchen" begrüßte, war verwundert, daß der Maler wieder einmal, aber dieses Mal mit einer jungen, hübschen Begleiterin das Gotteshaus besuchte. Bei der Begrüßung bat Andrè ihn um ein Gespräch nach dem Gottesdienst.

„Gern zu Diensten, Herr Dr. Ravèl."

Maria war es unheimlich, die vielen Augenpaare waren auf sie gerichtet. Doch als das Orgelspiel einsetzte, war sie ganz entzückt und vergaß alles um sich herum. Sie kam sich vor wie in einer anderen Welt. Erst als Andrè ihre Hand nahm, kamen ihre Gedanken in die Wirklichkeit zurück.

Nachdem der Pfarrer seine Besucher verabschiedet hatte, ging er zurück, wo Andrè und Maria auf ihn warteten.

„Nun, Herr Dr. Ravèl, um was geht es denn? Kommen Sie, wir gehen in mein Arbeitszimmer. Bitte nehmen Sie Platz."

„Ich möchte es kurz machen, wir wollen heiraten und Ihren Segen haben."

Der Pfarrer schaute etwas überrascht, aber schnell ergriff er das Wort und sagte: „Das freut mich für Sie, und es ist ganz vernünftig, sich wieder zu verheiraten." Dabei schaute er verschmitzt die junge Frau an. „Nun, wann haben Sie denn gedacht?" Er schlug sein dickes Buch auf.

„Nun wenn es möglich ist, würden wir gern am ersten Septemberwochenende heiraten."

„Da haben Sie Glück, Sie sind bis jetzt das einzige Paar, also schreibe ich Sie ein. Kurz vorher möchte ich Sie, lieber Herr Dr. Ravèl noch einmal, betreffs des Ablaufes sprechen."

„Ist in Ordnung, ich werde rechtzeitig kommen."

Der Pfarrer reichte erst Maria, dann Andrè die Hand.

Er schien gar nicht bemerkt zu haben, daß die Braut kein einziges Wort gesprochen hatte. Das ist auch nicht so ungewöhnlich, denn die meisten Bräute sind bei der ersten Besprechung mit dem Pfarrer noch sehr gehemmt.

„So, mein Liebes, jetzt gibt es kein Zurück mehr, bald sind wir Mann und Frau, freust du dich?"

Sie drückte ihm fest die Hand und strahlte ihren zukünftigen Mann an.

Nun konnten auch die Einladungen verschickt werden.

Louise und Paola konnten es nicht erwarten, mit Maria in die Stadt zu fahren, um die Brautausstattung zu kaufen.

„Nein, daß ich das erleben darf, das macht mich so glücklich." Der Bräutigam gab den Frauen mit auf den Weg, daß sie das Beste und Schönste aussuchen sollten.

Maria war aufgeregt wie noch nie in ihrem Leben.

Es war wirklich schwer unter der großen Auswahl sich zu

entscheiden. Aber nach langen Probieren, haben sie dann doch ein Traumkleid mit einer riesigen Schleppe gefunden und dazu natürlich den passenden Schleier und Schuhe.

Maria stand vor dem großen Spiegel wie eine Märchenfee aus „Tausend-und-einer-Nacht".

Louise und Paola konnten die Tränen der Rührung nicht unterdrücken. Selbst die Verkäuferin sagte: „Die Bräute sehen dann alle in ihren Kleidern schön aus, aber diese junge Frau ist ganz außergewöhnlich schön anzusehen."

„Wollen wir uns nicht auch gleich etwas für den großen Tag aussuchen, Paola?"

„Eigentlich hast du recht, wir müssen doch ein wenig mithalten können."

Nun dauerte es noch einmal eine Stunde, bis sie das Richtige gefunden hatten. Jeder trug seinen Karton stolz aus dem Geschäft und zufrieden fuhren sie nach Hause.

Auch Andrè fuhr ein paar Tage später in die Stadt, um sich neu einzukleiden, denn die Zeit verging wie im Fluge.

Zum Pfarrer mußte er auch noch gehen.

Dazu verabredete er sich mit Chak von Daalen, denn er bedurfte auch noch besondere Anweisungen als Brautführer.

Die Frauen hatten alle Hände voll zu tun. Beide Häuser wurden von unten nach oben geputzt. Louise hatte auch noch die Gästezimmer herzurichten.

Plötzlich fiel Paola ein, daß zu einem richtigen Hochzeitszug auch Blumenkinder sein mußten. Da kam ihr der Gedanke, daß unten im Dorf, gleich neben Michel, eine Familie mit Zwillingen wohnte. Gleich lief sie hinunter, denn es war ja nicht mehr viel Zeit.

Die Mutter war sehr verdutzt und meinte: „Ich würde meine Kinder schon Blumen streuen lassen, aber dazu haben sie nichts anzuziehen."

„Das ist kein Problem, das erledigen wir schon, das ist doch selbstverständlich. Sagen sie mir nur die Größe Ihrer Kinder und wir ziehen sie schon hübsch an. Wir holen sie dann am Samstag gegen 9 Uhr ab. Einverstanden?"

Paola weihte nur Louise davon ein, denn da mußten sie ja noch einmal in die Stadt fahren. „Kein Problem, wollen wir das gleich heute nachmittag erledigen?"

Die Dame im Hochzeitsausstatter schaute nicht schlecht, die zwei Damen so schnell wiederzusehen. „Wir brauchen noch ein Kleidchen und einen Anzug für die Blumenstreukinder. Daran hatten wir gar nicht gedacht. Wird es genügen, wenn wir die Größen haben?"

„Aber ja, das bekommen wir schon hin", und sie zeigte ganz reizende Sachen. Sie wählten ein weißes Kleidchen und ein weißes Blüschen zum Anzug. Das sollte eine Überraschung für Maria werden.

Die Gäste aus Paris waren eingetroffen. Robert und Annette, Claire und auch Raymond und Isabell, die zur Zeit ihren Urlaub hatten, waren angereist.

Der große Tag wurde mit Spannung erwartet.

Michel und Caroline freuten sich wie zwei Kinder auf das Hochzeitsfest.

Im Dorf hatte sich das Ereignis schnell rumgesprochen, daß der Maler wieder heiratet.

Es war schon Herbstanfang, aber die Sonne schien noch voller Kraft und färbte das Laub an den Bäumen in goldgelb und purpurrot.

Im Hochzeitshaus herrschte großer Trubel.

Louise hatte eine Friseuse kommen lassen, die sich um die Braut und die Frauen kümmerte.

Paola hatte die Kinder aus dem Dorf geholt, die ihre Blumen am liebsten schon gestreut hätten. Claire nahm sich ihrer an, damit sie sich nicht schmutzig machten.

Auch Chak von Daalen war inzwischen eingetroffen. Er und die anderen Männer verweilten, bis zur Abfahrt in die

Kirche, in der Diele und tranken inzwischen ein Gläschen Sekt. Jetzt traf die Hauptperson, der Bräutigam ein.

Mit Beifall wurde er empfangen. Er war tadellos gekleidet, wie sich das für einen Hochzeiter gehörte. Doch etwas blaß sah er schon aus, so daß die Friseuse auch an ihm ein wenig Hand anlegen mußte. Nun war es soweit. Die Braut stieg langsam die Treppe herunter.

Unten stand, wie angewurzelt, mit Tränen kämpfend, Andrè. Er war wie gebannt von der Anmut und Schönheit seiner Maria. Erst, als sie kurz vor ihm stand, ging er auf sie zu und überreichte ihr den Brautstrauß von weißen Rosen. Dann nahm er sie in seine Arme und küßte sie.

Den Gästen lief eine Gänsehaut über den Rücken, denn das war ein ganz rührender Augenblick.

Louise stellte die Paare zusammen und holte die Blumenkinder aus dem Nebenraum. Jetzt hatte auch die Braut mit den Tränen zu kämpfen, denn das hatte sie nicht erwartet.

Louise ordnete an: „So, nun bitte, alle hinaus zu den Autos", die auch mit Blumen geschmückt waren. Chak von Daalen strahlte, als sie zu ihm in sein Auto stieg, denn so hatte er sich das gewünscht.

Die Fahrt ging schnell hinunter bis zur Kirche. Dort hatte sich eine Menschenansammlung gebildet, so daß der Kirchendiener Platz schaffen mußte, damit die Paare Aufstellung nehmen konnten.

Zuletzt stieg das Brautpaar mit den Blumenkindern aus.

Alle Glocken läuteten und der Pfarrer stand am Portal um das Brautpaar und die Gäste zu empfangen.

„So, Kinder, jetzt dürft ihr endlich eure Blumen auf den Weg in die Kirche streuen", sagte Caroline, die sich mit ihrem Michel dem Brautzug anschloß.

Es schien das ganze Dorf auf den Beinen zu sein. Mit Hochrufen und Beifall begleiteten die Neugierigen die Hochzeitsgesellschaft in die Kirche.

Die Orgelklänge berührten Maria so sehr, daß sie an

Andrès Arm zitterte. Die Kirche war so voll, wie am Heilig Abend, denn die Frauen wollten die Braut sehen und was sie für ein Kleid trug.

Ihr Gesicht war von einem langen Schleier bedeckt und sie waren neugierig, wenn dieser gelüftet wird.

Das Paar schritt andächtig bis zum Altar, wo der Pfarrer sie aufforderte sich zu setzen. Seine Predigt ging allen zu Herzen. Danach gab er dem Brautpaar ein Zeichen, sich zu erheben.

„Reichen sie sich die rechte Hand, wir wollen nun vor Gott und allen Anwesenden, die zwei Menschen in den heiligen Stand der Ehe führen."

Die Sonne suchte sich durch die bunten Glasscheiben der hohen Kirchenfenster den Weg direkt auf das Brautpaar, als wolle sie auch ihren Segen zur Eheschließung geben.

Der Pfarrer hatte noch nicht das letzte Wort zu Ende gesprochen, da wurde plötzlich das Portal aufgerissen und eine heruntergekommene, rothaarige Frau stürmte in Richtung Altar. Mit erhobener Hand schrie sie mehrmals: „Haltet ein, haltet ein!"

Sich an den Bräutigam wendend schrie sie ihn an: „Du kannst diese Frau nicht heiraten, sie ist ... sie ist deine Schwester!"

Andrè hatte ganz kurz wahrgenommen, daß es seine Mutter war.

Er drohte, kreidebleich zu stürzen, hätte nicht sofort Robert und Raymond ihn aufgefangen und auf eine Bank geführt, wo Andrè in Ohnmacht fiel.

Maria stand für einen Moment wie eine Marmorsäule. Ihre Augen wurden immer größer und dann geschah etwas, was niemand zu hoffen gewagt hätte. Ihr Mund öffnete sich zu einem Schrei, und es war deutlich zu hören, sie rief: „Mama", dann sank auch sie zusammen.

Louise und Claire fingen sie noch rechtzeitig auf und legten sie ebenfalls auf eine Bank.

Der Pfarrer stand wie versteinert, und die Leute im Kirchenraum schrien durcheinander.

Hilflos erlebten die Gäste das traurige Ende dieser Hochzeit.

Die Frau, die diese schreckliche Wahrheit rechtzeitig verkündet hatte, versuchte zu fliehen.

Ein paar starke Frauen hielten sie fest und konnten so die Flucht verhindert, denn diese Frau durfte in ihrem Zustand nicht frei herumlaufen, sie bedurfte ärztlicher Hilfe, die sie auch bekam.

Der Kirchendiener hatte die Situation schnell erfaßt und einen Arzt gerufen. Er forderte die Kirchengemeinde auf, zu gehen.

Draußen standen sie noch lange in Grüppchen und diskutierten über das, was sich in wenigen Minuten ereignet hatte.

Louise kniete immer noch neben Maria und versuchte sie durch Streicheln wieder zurückzuholen. Sie nahm ihr den Schleier ab, der nun keine Bedeutung mehr hatte.

Inzwischen traf ein Arzt ein. Er ordnete an, daß das Paar in ein Krankenhaus gebracht werden soll. Vielleicht könnten sie nach einer gründlichen Untersuchung am Abend wieder entlassen werden.

Die Hochzeitsgäste waren hilflos und traurig über das, was da geschehen war.

Was sollte nun mit dem Hochzeitsmahl im Gasthof werden? Louise bestand darauf, auch ohne Andrè und Maria, das Essen gemeinsam einzunehmen, denn gegessen mußte ja doch werden.

Nachdem Andrè und Maria im Krankenwagen abgefahren waren, verabschiedeten sie sich vom Pfarrer, der noch immer das Geschehene nicht begriffen hatte. So etwas hatte es während seiner Amtszeit noch nicht gegeben.

Tiefbetroffen ging die Hochzeitsgesellschaft dann doch in den Gasthof. Die Wirtsleute hatten schon erfahren, was sich da Schreckliches ereignet hatte. Sie waren froh, daß die Gäste trotzdem zum Essen kamen, denn was hätten sie sonst damit machen sollen.

Nur die Musiker wurden abgesagt, die aber auf ihr Honorar nicht verzichten mußten.

Schweigsam wurde serviert und gegessen. Keiner traute sich, ein Gespräch anzufangen und somit wurde die Tafel schnell aufgehoben.

Alle fuhren mit Louise in das Haus „Sartrè". Ungeduldig warteten sie auf einen Anruf aus dem Krankenhaus. Am Abend klingelte endlich das Telefon und eine gute Nachricht lautete: „Sie können sie beide abholen, oder sollen wir sie mit dem Krankenwagen bringen?"

„Nein, nein, wir kommen selbst, danke."

Louise fuhr mit Chak gleich los. Bei ihrer Ankunft fanden sie Andrè ganz blaß vor, er sprach kein Wort und Maria weinte und fiel Louise in die Arme. Es war schwer, nun die richtigen Worte zu finden, was sollte man in dieser Situation auch sagen?

Louise fragte Andrè: „Kommst du mit zu uns, oder möchtest du in dein Haus?"

„Gut, ich komme mit zu euch."

Maria saß still im Auto und schaute Andrè nur ungläubig an. So schnell war der Traum von einer Ehe mit ihm geplatzt. Etwas gutes hatte diese Enthüllung allerdings gebracht, sie konnte sprechen, wenn auch etwas langsam. Das sollte sich bald bessern, sagten die Ärzte.

Zu Hause angekommen, ging sie in ihr Zimmer, um sich umzuziehen. Wehmütig schaute sie sich noch einmal als Braut im Spiegel an. Sorgfältig wählte sie ein helles Kostüm. Zögernd ging sie hinunter zu den Gästen. Am liebsten wäre sie ja in ihrem Zimmer geblieben, aber das konnte sie niemanden antun. Ihre Gedanken waren: „Was werden sie nun sagen und fragen?" Das machte ihr Angst. Aber da kam auch schon Louise, um nach ihr zu sehen.

„Na komm mein Kind, es wird alles gut werden, du hast dir doch nichts vorzuwerfen. Ihr müßt euch eben damit abfinden." Schweren Herzens ging sie mit hinunter in die Diele, wo alle beisammen saßen.

Mutig schritt Andrè auf sie zu und sagte: „Komm, meine kleine Schwester, es tut mir leid, daß alles so gekommen ist, aber wir haben auch gewonnen, du kannst wieder sprechen, das ist ein viel größeres Geschenk."

Maria reichte ihm die Hand und ihre Worte waren: „Du hast ja recht, mein großer Bruder."

Alle lachten und klatschten, daß sie ihr Schicksal tapfer trugen.

Der Tag war anstrengend, alle hatten das Bedürfnis, sich zurückzuziehen.

Andrè fuhr mit Paola, Claire, Michel und Caroline hinüber in sein Haus. Die beiden Alten wollten zu Fuß hinunter gehen.

Paola fragte Andrè: „Haben sie noch einen Wunsch?"

„Nein, ich möchte nur meine Ruhe haben." Also wünschten Paola und Claire eine gute Nacht.

Er lag noch lange wach in seinem Bett und ließ noch einmal alles revue passieren und er kam zu der Erkenntnis, daß er taktvoll gehandelt hatte. Er hatte Maria nur geküßt, zu seiner Frau hatte er sie noch nicht gemacht. Das beruhigte ihn sehr, aber an Schlaf war nicht zu denken. Immer wieder stellte er sich die Frage: Warum gerade ihm das Schicksal so hart mitspielte?

In einem unruhigen Traum sah er Alice, wie sie ein Kind in den Armen hielt und wie das wilde Meer sie in die Tiefe zog.

Schweißgebadet wachte er am Morgen auf und er lief zum ersten Mal seit dem Unglück an das Meer und stürzte sich in die eisigen Fluten.

Weit und breit war noch kein Mensch zu sehen. Niemand hätte es bemerkt, wenn er nicht zurückgekommen wäre. Der

Gedanke kam ihm schon, einfach hinaus zu schwimmen, bis seine Kräfte den Wogen nicht mehr Stand hielten und zu Alice zu gehen.

Aber ein Feigling wollte er auch nicht sein, und er schwamm zurück. Das kalte Wasser hatte seine Traurigkeit abgespült.

Paola sah ihren Herrn verwundert an und machte sich Sorgen, denn er war noch nie wieder schwimmen gewesen.

„Sie kommen gerade recht, das Frühstück ist fertig und Claire saß bereits am Frühstückstisch. Die Frauen bemerkten, daß er sehr niedergeschlagen war.

Claire fragte: „Wie konntest du schwimmen gehen bei den Temperaturen? Du siehst ja noch ganz blau aus. Trink erst mal einen schönen heißen Tee."

Diese besorgten Worte taten ihm gut, denn er mußte sich tatsächlich erst einmal aufwärmen. Kaum, daß er etwas gegessen hatte, verschwand er in seinem Atelier. „Hoffentlich geht das mit seiner Depression nicht wieder los", bemerkte Paola.

„Wir müssen versuchen, ihn aus dem Tief herauszuholen. Es hat ihn schwerer getroffen, als es nach außen hin scheint."

Am nächsten Tag deutete er nur kurz an, daß er hinüber zu Maria gehen wolle und er sei nicht zum Essen zurück. Gleich nach dem Frühstück machte er sich auf den Weg. Louise und Maria waren überrascht, ihn so früh zu sehen.

„Na, Andrè, hast du gut geschlafen? Was führt dich so zeitig zu uns?" fragte Louise.

„Ich will in das Dorf hinunter gehen und im Gasthof die Rechnung begleichen. Anschließen habe ich vor, in das Sanatorium, zu Mutter, zu fahren, möchtest du mitkommen, Maria?"

„Eigentlich habe ich kein Bedürfnis sie zu sehen, aber wenn es dir hilft, komme ich mit."

„Es ist doch unsere Mutter und wir sind schon verpflichtet, daß wir uns um sie kümmern."

Im Gasthof war man schon erstaunt, die beiden zu sehen. Andrè bezahlte die Rechnung und bedankte sich noch einmal für alles. „Besuchen Sie uns bald wieder, Herr Dr. Ravèl, auf Wiedersehen."

„So, das wäre erledigt, nun fahren wir in die Stadt in das Sanatorium."

Der Chefarzt empfing Andrè und Maria gleich mit den Worten: „Sie können Ihre Mutter sehen, aber ich sage Ihnen gleich, sie wird Sie nicht erkennen. Seit der Einlieferung ist sie noch nicht bei Bewußtsein gewesen. Auch ihr Herz ist durch den Alkohol stark geschädigt. Ich mache Ihnen wenig Hoffnung auf eine Besserung. Es tut mir leid, ihnen das so sagen zu müssen."

„Können wir irgend etwas für sie tun?"

„Nein, Herr Dr. Ravèl, sie bekommt hier alles was sie braucht."

„Aber wir möchten sie wenigstens kurz sehen."

„Kommen Sie bitte mit."

Der Arzt öffnete die Tür zu einem kleinen Zimmer, in dem weiter nichts stand als ein Gitterbett, ein Spind und zwei Stühle. Das war ein trauriger Anblick. Da lag sie nun einsam, ihre Mutter, die einst so stolze, schöne Frau. Andrè trat näher an ihr Bett und sagte leise: „Mutter, hörst du uns, dein Sohn Andrè und deine Tochter Maria sind da?" Aber es war keine Regung in ihrem Gesicht zu spüren.

„Sie sehen selbst, Herr Dr. Ravèl, da kann man nur hoffen, daß Gott sie nicht ewig leiden läßt."

Andrè stiegen bei diesen Worten doch ein paar Tränen in die Augen, und Maria trat erschrocken einen Schritt zurück und bat ihn, daß sie gehen möchten.

„Danke, Herr Doktor, und bitte melden Sie sich, wenn eine Veränderung eintritt."

„Ja gewiß, das werde ich tun."

Bedrückt fuhren sie nach Hause.

„Möchtest du erst mit zu mir kommen? Paola und Claire

würden sich freuen. Was wird mit deinen Malsachen, willst du alles mit zu dir nehmen, oder kommst du weiter zum Malen?"

„Ja, natürlich male ich noch bei dir, aber jetzt muß ich erst einmal meine Gedanken ordnen und überlegen, was ich jetzt überhaupt machen werde. Vielleicht werde ich noch studieren, aber ich weiß es noch nicht genau. Ich brauche noch ein wenig Zeit."

Raymond und Isabell reisten als erste ab. Robert und Annette blieben noch eine Woche. Auch Claire blieb bis zum Ende ihres Urlaubes bei Andrè und Paola. Im Stillen hoffte sie, Andrè würde sagen: „Willst du nicht immer hier bleiben?" Aber das war wohl zu früh, an so etwas zu denken.

6. Kapitel

Ein Jahr war vergangen und viel hatte sich im Haus Ravèl und Sartrè verändert. Die Mutter, Frau Ravèl, war an Herzversagen vor einem halben Jahr verstorben. Die Beisetzung fand in aller Stille statt und die Tränen des Abschieds waren schnell getrocknet.

Andrè malte wieder, aber er fühlte sich sehr einsam. Selten besuchte er Louise, denn Maria hatte inzwischen ein Medizinstudium in einer fernen Stadt aufgenommen und kam selten nach Hause. Ihre Sprache war wieder ganz normal.

Maria hatte sich einen netten Freundeskreis geschaffen, wo sie sich sehr wohl fühlte. Nur, wenn sie abends allein in ihrem Zimmer saß und arbeiten wollte, bekam sie oft Sehnsucht nach Hause und nach Andrè. Dann mußte sie daran denken, was wohl geworden wäre, wenn ihre Mutter die Heirat nicht verhindert hätte. In solchen Situationen griff sie zum Telefon, um die vertrauten Stimmen zu hören.

Einmal fragte sie Louise: „Wie steht es denn um die Beziehung zwischen dir und Chak? Hat er noch keinen Heiratsantrag gemacht?"

„Ach mein Kind, du fehlst mit sehr, wie gern würde ich jetzt mit dir plaudern, doch du bist weit weg. Da bin ich schon froh, daß Chak fast täglich kommt. Er macht schon oft Anspielungen, daß es doch schön wäre, wenn er für immer bei mir sein könnte. Aber ich kann mich auch nicht entscheiden. Die Arbeit mit den Gästen füllt mich voll aus, und ich glaube, daß ich gar nicht die nötige Zeit für ihn hätte, denn er möchte dann oft mit mir herumfahren und ausgehen. Ich denke, daß es gut so ist, wie es eben ist. Bald ist Weihnachten, und ich freue mich, wenn du nach Hause kommst. Sicher werden wir mit Andrè und Paola die Festtage verbringen. Also, mach's gut, bis bald."

Kaum hatte Louise den Hörer aufgelegt, klingelte das Telefon erneut. „Hier bei Sartrè!"

„Hallo Louise, hier ist Andrè, ich grüße dich."

„Ich grüße dich auch. Schön, daß du dich mal meldest, was gibt es?"

„Wenn es dir angenehm ist, würde ich mal rüber kommen. Es ist doch bald Weinachten und da hätte ich dich gern mal gesprochen."

„Na dann komm, ich freue mich, bis gleich."

Fast zur gleichen Zeit traf auch Chak ein.

Er und Louise stellten fest, daß Andrè ziemlich schlecht aussah und er fragte ihn gerade heraus: „Geht es dir nicht gut, du siehst krank aus?"

„Ach, das ist sicherlich die Atelierluft, ich muß eben mehr rausgehen. Es macht aber auch keinen Spaß, allein durch die Gegend zu laufen."

Chak scherzte, indem er sagte: „Du mußt dir eben wieder eine Frau suchen, du kannst doch nicht ewig allein bleiben. Hättest du nicht Lust auf Claire. Sie ist noch jung genug, sie kennt dich, du kennst sie schon lange und ich glaube, sie liebt dich, hast du das noch nicht bemerkt? Hübsch ist sie ebenfalls."

Andrè schaute ihn verdutzt an. Er hatte schon manchmal gespürt, daß Claire viel Sympathie ihm entgegenbrachte. Sie waren doch gute Freunde und früher war sie die Frau seines Freundes und er hatte seine geliebte Alice. Auch als Marcel sie verlassen hatte, ist ihm nie der Gedanke gekommen.

„Ach, beenden wir das Thema, ich bin gekommen, um mit euch über das Weihnachtsfest zu sprechen. Wollen wir zusammen Heilig Abend und die Feiertage verbringen?"

„Ja, aber natürlich feiern wir zusammen. Maria wird sich auch freuen."

Es wurden für alle schöne Festtage. Maria blieb bis Mitte Januar. Louise war darüber sehr glücklich, denn sie hatte viele Fragen. Alles wollte sie genau wissen, natürlich fragte sie auch, ob sie vielleicht schon eine Männerbekanntschaft gemacht hätte. Bei dieser Frage wurde ihr großes Kind ganz verlegen und sie bekam rote Wangen.

„Na, erzähl schon, wie und was ist er?"

„Einmal muß ich es doch sagen", und sie stillte Louises Neugier. Es tat ihr auch gut, daß sie ihr Geheimnis einen lieben Menschen anvertrauen konnte.

„Er ist Arzt und wohnt in der Villa nebenan, wo ich mein Zimmer habe. Wir sahen uns schon länger. Jeden Morgen, wenn er in sein Auto stieg um in die Klinik zu fahren. Immer grüßte er freundlich herüber und eines Tages fragte er mich, ob ich wohl zur Uni fahren würde, da könnte er mich mitnehmen. Das habe ich natürlich angenommen, denn so kam ich schnell und kostenlos zu meiner Vorlesung. Ich fühlte sofort, daß er immer versuchte mich zu treffen. Einmal fragte er mich, ob ich nicht einmal herüber kommen möchte, und man könnte im Garten sitzen und ein wenig plaudern. An einem Sonntag habe ich dann auch zugesagt. Eine ältere Dame öffnete und stellte sich mir vor. ,Mein Name ist Rosa, und ich führe Herrn Doktor den Haushalt. Sie sind bestimmt Maria von nebenan? Der Leon, ich meine der Herr, Doktor, hat mir schon von ihnen erzählt - bitte kommen sie herein.' Du kannst dir denken, daß ich ganz verlegen war, aber auch neugierig."

„Na, und weiter? Erzähle!"

„Ja, was soll ich erzählen? Er ist verwitwet, 33 Jahre alt und gut aussehend. Ich glaube schon, daß er eine Frau sucht, aber ich weiß nicht, für mich ist das alles noch viel zu früh."

Louise dachte mit Wehmut daran, daß Maria vielleicht eines Tages ihr Elternhaus für immer verlassen könnte.

Maria zog es wieder in die Stadt, wo sie sich hin und wieder mit Freunden traf. Auch Herr Dr. Camus hatte einen festen Platz in ihrem Leben eingenommen.

Das beflügelte Herrn von Daalen, und er machte Louise einen Heiratsantrag. An einem Sonntagmorgen kam er mit einem Strauß roter Rosen und fragte sie: „Louise, willst du meine Frau werden?" Obwohl sie damit schon mal gerechnet hat, war sie ganz überrascht. Ohne auf ihre Antwort zu warten, nahm er sie in die Arme und schaute ihr fragend in die Augen. Ein leises „Ja" kam von ihren Lippen und er küßte sie stürmisch wie ein Jüngling.

„Aber eine Bitte habe ich doch, ich möchte bis zum Sommer warten."

„Dein Wunsch sei mir Befehl." Wieder küßte er sie zärtlich. „Das müssen wir gleich Andrè und Maria mitteilen, die werden sich mit uns freuen, meinst du nicht auch, Lu?" So nannte er sie, wenn er übermütig war und das war er sehr oft, denn er liebte das Leben.

Andrè freute sich für die beiden und beglückwünschte sie zu ihrem Entschluß. Auch Maria gönnte es Louise, sie hatte sich wirklich ein bißchen Glück verdient.

◈◈◈

Wenn Andrè in seinem Atelier war, um zu malen, fand er oft keine Inspiration. Er schaute hinaus auf das Meer und geriet ins Träumen. Was war es, was von der Arbeit ablenkte? War es Alice, die ihm keine Ruhe ließ oder war es doch die Einsamkeit ohne einer Frau an seiner Seite?

In solchen Augenblicken legte er Pinsel und Farbe hin und sein Weg führte hinaus an seine Bank. Dort fühlte er sich Alice ganz nah, und er fragte sie, was sie ihm raten würde. Sollte er Claire herholen, um mit ihr das Leben zu teilen? Bei solchen Gedanken wurde ihm ganz warm ums Herz, und er war überzeugt, Alice würde ihm dazu raten.

Im Frühjahr hatte Andrè wieder in Paris zu tun. Er kündigte bei Paola seine Reise an. Ihre erste Frage war: „Werden sie auch bei Claire vorbeischauen?"

„Ja, natürlich werde ich meine alten Freunde besuchen, das ist doch selbstverständlich."

„Dann grüßen sie alle ganz herzlich von mir."
„Das tue ich bestimmt." Ein paar Tage hatte er vor, in seiner alten Heimat zu bleiben, schließlich verbanden ihn viele schöne Erinnerungen. Er meldete sich auch bei Louise und Chak ab und er erinnerte ihn, was er über Claire geraten hatte. Mit einem Lächeln verließ er das Haus „Sartrè."

Sein erster Weg führte ihn zu Claire in ihr Geschäft. Sie traute ihren Augen nicht, als Andrè plötzlich vor ihr stand. Hemmungslos fiel sie ihm um den Hals. „Andrè! Wie kommst du hier her, du hast dich doch gar nicht angemeldet?"

„Ich habe wieder einmal hier zu tun. Mein erster Weg führt direkt zu dir." Sie konnte es nicht fassen, er kam zu ihr.

„Wie lange bleibst du? Wo wirst du wohnen? Du könntest bei mir ... oder wirst du im Hotel wohnen?"

„Ich weiß noch nicht, ich habe mich noch nicht festgelegt."

„Heute will ich gleich im Museum meine Sachen erledigen. Du mußt doch auch noch arbeiten, vielleicht hole ich dich ab und ich verbringe den Abend mit dir."

In ihrem Kopf schwirrten die tollsten Gedanken herum, und ihre Augen glänzten vor Freude.

„So, also bis 17 Uhr, ich komme dann wieder vorbei."

Ihre Kolleginnen umringten sie mit tausend Fragen: „Wer war der gutaussehende Mann? War das der Maler vom Meer? Claire, du bist zu beneiden."

Pünktlich 17 Uhr, fuhr Andrè bei Claire im Geschäft vor. Noch, bevor er ausstieg, kam sie schon heraus. Ihre Kolleginnen schauten neugierig hinter den Gardinen des Schaufensters hervor. Alle wollten den attraktiven Mann noch einmal genau betrachten.

Claire winkte ihnen lächelnd zu, bevor sie neben Andrè im Wagen verschwand.

„Ist es dir recht, wenn wir erst einmal essen fahren?"

„Ja gern, ich tue alles was du willst, wenn ich nur mit dir zusammensein kann."

Andrè durchfuhr es ganz heiß bei diesen Worten. Es wäre für ihn ein leichtes gewesen, daran anzuknüpfen. Aber noch war er sich nicht so sicher, ob er überhaupt eine feste Bindung mit ihr eingehen sollte.

Sie saßen sich schweigsam beim Abendessen gegenüber. Keiner wußte so recht, was er sagen sollte. Andrè fragte sie: „So, was machen wir nun? Möchtest du lieber nach Hause?"

„Ja, schon, denn zum Ausgehen bin ich nicht passend angezogen und außerdem ist mir kalt."

„Na gut, dann fahren wir zu dir."

Es war eine dumme Situation, hatte sie sich etwa aufdringlich ihm gegenüber benommen? Viele Gedanken quälten sie plötzlich. Sie nahm sich zusammen und sagte: „So Andrè, erzähle von dir, Maria und den anderen. Was machen Paola und Louise?"

Die Spannung war gelöst und Andrè berichtete, was sich alles ereignet hatte. Zum Beispiel, daß Louise und Chak heiraten werden. „Das freut mich für sie."

Er merkte, daß Claire wieder traurig klang. „Na, und wie sieht es bei dir aus, hast du wieder jemanden, oder willst du für immer allein bleiben?"

„Ach Andrè, ich möchte schon noch einmal glücklich werden, aber es ist nicht so einfach", und ein tiefer Seufzer kam aus ihrem Mund.

„Wieso, du bist doch noch jung und auch hübsch, was hindert dich?"

„Ja, ich liebe einen Mann schon lange, aber er merkt es nicht, und sagen kann ich es ihm auch nicht."

„Kenne ich ihn?"

„Ja."

„Nun sag schon."

Jetzt war der Augenblick ganz nahe. Sie nahm allen Mut zusammen, legte den Arm um seinen Hals und küßte seinen Mund. Es dauerte Sekunden bis Andrè begriff. Plötzlich besann er sich auf die Worte von Chak und er küßte sie hemmungslos und heiß, bis sie wie im Traum des Glücks auf das Bett fielen. Es folgte eine Nacht, wie keiner von beiden es je zu hoffen gewagt hätten. Eng umschlungen erwachten sie, als schon die Sonne durch die Vorhänge lugte. Es war schon zu spät, um zur Arbeit zu gehen, so rief Claire im Geschäft an, daß sie einen Tag Urlaub brauchte. Die Chefin schmunzelte und meinte: „Na, ich glaube, wir verlieren bald eine gute Kollegin."

Claire und Andrè gingen den ganzen Tag nicht aus dem Haus. Sie küßten und liebten sich, so daß sie sogar das Essen vergaßen. Nie hätte Andrè gedacht, noch einmal so verliebt zu sein, wie damals mit Alice.

Die Zeit mit Maria war für ihn eine gewaltige Anspannung gewesen, sich immer zügeln zu müssen. Auch Claire hatte seit der Trennung von Marcel keine Liebe mehr empfangen. So lebten sie ihre Gefühle in vollen Zügen aus.

Aber es stellte sich auch die Frage, wie sollte es nun weitergehen? Eigentlich gab es für Claire kein Problem, sie war sofort bereit, mit Andrè ans Meer zu gehen. Natürlich müßte sie ihre Wohnung aufgeben. Andrè hätte sie am liebsten gleich mitgenommen, denn nun, wo er die Liebe wieder gespürt hat, möchte er nicht mehr darauf verzichten.

Am folgenden Tag fuhr Andrè Claire in ihr Geschäft. Die Kolleginnen konnten sofort erkennen, was geschehen war, denn sie sah sehr glücklich aus. Sie eröffnete ihrer Chefin die Mitteilung, daß sie kündigen werde, denn sie wolle für immer an das Meer ziehen.

„Da wünschen wir ihnen alles Gute, aber wir bedauern es sehr, denn wir haben gern mit ihnen gearbeitet."

Am Abend besuchten sie Robert und Annette, die ganz überrascht waren, beide in so guter Verfassung zu sehen, denn sie standen Hand in Hand vor der Tür.

„Hallo, was für eine Überraschung, wie kommst du so

unverhofft nach Paris? Laßt euch umarmen! Kommt herein und erzählt!"

„Ich hatte im Museum zu tun und wollte mal wieder nach dem Rechten sehen. Nun habe ich Claire im Geschäft abgeholt."

Mit leuchtenden Augen erzählte sie weiter: „Ich werde mit Andrè für immer ans Meer gehen, was sagt ihr nun?"

„Das haben wir schon lange für euch gewünscht", und Annette fiel Claire um den Hals. „Da wünschen wir euch ganz viel Glück, das habt ihr euch verdient."

„Was wird mit deiner Wohnung, gehst du gleich mit?"

„Nein, nein, ich fahre jetzt allein zurück. Inzwischen kann Claire ihre Wohnung auflösen, dann werde ich sie holen."

Robert gab ihr einen Rat: „Willst du deine Wohnung nicht auch, wie Andrè möbliert vermieten, da hättest du noch ein Einkommen nebenbei, denn du nimmst doch bestimmt deine Möbel nicht alle mit?"

„Ich würde auch deine Miete verwalten." Fragend schaute sie Andrè an, der gleich der Meinung seines Freundes war.

„Das ist eine gute Idee, daran haben wir noch gar nicht gedacht."

„Ein paar Kleinigkeiten möchte ich schon mitnehmen", fügte Claire hinzu.

„Morgen möchte ich mit Claire und euch Essen gehen und unsere Verlobung in wenig feiern, kommt ihr mit?"

„Aber gern, wir waren auch lange nicht mehr aus."

„Also, dann holen wir euch gegen 18 Uhr ab, für heute sagen wir Adieu."

Andrè und Claire fuhren nach Hause und schmiedeten gemeinsam Pläne. Am Montag wollte Andrè wieder zurück fahren. Er konnte es kaum erwarten, seine Neuigkeiten zu erzählen.

Claire stellte eine Liste zusammen, was sie unbedingt mitnehmen wollte, denn sie sollte doch ein Zimmer für sich allein bekommen, damit sie sich auch einmal zurückziehen konnte, oder wenn sie Sehnsucht nach Paris verspürte.

„Du kommst doch mit dem Wohnmobil, wenn du mich holst?"

„Ja natürlich, wir müssen doch deine Sachen unterbringen, was du mitnehmen möchtest, mein Liebes." Bei diesen Worten erschrak er, denn das hatte er immer zu Alice gesagt.

Claire hatte plötzlich einen Gedanken und sie rief ihre Kollegin an. „Ja, hier ist Claire, sag mal, du hast doch vor einiger Zeit geäußert, daß du von zu Hause weg wolltest, besteht das noch?"

„Ja schon, aber das ist nicht so einfach mit einer Wohnung, ich habe doch auch keine eigenen Möbel, warum fragst du?"

„Du könntest doch in meine Wohnung ziehen, ich lasse auch die Möbel zum Teil drin und so teuer ist sie auch nicht. Überlege es dir bis zum Montag, wir werden uns schon einig werden, Tschüß! - Vielleicht habe ich meine Wohnung schon vermietet", sagte sie zu Andrè.

Viel zu schnell war es Montag, und Andrè reiste ab. Es war ein schwerer Abschied, Claire weinte bitterlich.

„Aber mein Schatz, es ist doch nur für kurze Zeit, du wirst sehen, wie schnell ich wieder da bin." Er wischte ihr zärtlich die Tränen von den Wangen, dann stieg er in sein Auto und küßte sie noch einmal durch die geöffnete Autoscheibe. „Bis bald mein Liebes!"

Ihr kam es vor, als wenn diese Tage nur ein Traum waren, aber noch war der Geruch seines Parfüms im Bad zu spüren, also war alles Wirklichkeit.

Claire ging wieder zur Arbeit, denn sie mußte ja ihre Kündigungszeit einhalten.

Ihre junge Kollegin hatte sich für ihre Wohnung entschieden. Nach Geschäftsschluß ging sie mit Claire nach Hause, um sich die Räumlichkeiten anzusehen. Katarina, so hieß sie, war glücklich endlich ein eigenes Zuhause zu bekommen.

„Spätestens in 4 Wochen kannst du einziehen", sagte Claire.

„Meine Geschwister werden froh sein, daß sie mein Zimmer bekommen."

<hr>

Als Andrè zu Hause ankam, empfing in Paola mit fragendem Blick. Aber sie konnte sofort feststellen, daß ihr Herr sehr gut gelaunt war.

„Hallo Paola!"

„Ich wollte mich erst bei Ihnen melden, aber ich fahre gleich rüber zu Louise und Chak, es gibt viele Neuigkeiten. Ich erzähle alles, wenn ich zurückkomme, in einer Stunde bin ich wieder da, also bis dann!"

Chak und Lu saßen auf der Terrasse, als Andrè mit dem Auto den Berg heraufkam. „Nanu, schon wieder zurück?"

„Ja, ich fahre bald noch einmal nach Paris, dann komme ich nicht allein wieder."

Chak frohlockte und fragte: „Hast du etwa meinen Rat befolgt?"

Etwas beschämt, daß er nicht von selbst darauf gekommen war, antwortete er: „Ja, ich habe deinen Rat befolgt, Claire und auch ich sind glücklich. In Kürze werde ich sie holen, wir werden auch heiraten, was sagt ihr nun?"

„Da können wir ja eine Doppelhochzeit machen?"

„Nun wird doch noch alles gut", sagte Louise. „Willst du dich nicht ein wenig zu uns setzen?"

„Nein danke, ich muß auch Paola alles erzählen, denn sie weiß noch nichts. Morgen wollen wir anfangen, ein Gästezimmer für Claire herrichten. Ich möchte, daß sie ein Zimmer für sich bekommt. Sie will ein paar Möbelstücke mitbringen, die ihr sehr am Herzen liegen."

„Wenn ihr Hilfe braucht, ich komme gern rüber", versicherte Chak. Schon saß Andrè wieder in seinem Auto und brauste davon.

Voller Neugier wurde er von Paola erwartet, denn sie wollte doch wissen, ob er mit Claire gesprochen hat, bald wird sie es erfahren. „Paola!" rief er schon von weitem, „ich möchte mit Ihnen sprechen, gibt es noch Kaffee?"

„Ja, Herr Andrè, sofort serviere ich draußen im Grünen."

Voller Spannung saß sie ihm gegenüber. Er schaute sie verschmitzt an und mußte selbst über sich lachen. Er erzählte ihr, daß sich sein Leben demnächst ändern wird. „Es wird wieder eine Frau in meinem Leben geben. Es wird Claire sein, mit ihr möchte ich mein Leben teilen. Ich werde sie schon bald heiraten und ihr werdet bestimmt gut miteinander auskommen. Sie werden auf jeden Fall der gute Geist in unserem Haus bleiben."

Ihre Augen füllten sich mit Freudentränen, denn sie hatte manchmal gedacht, wenn eine Frau ins Haus käme, daß sie dann gehen müßte. Sie war glücklich, daß er sich für Claire entschieden hatte. Nun unterbreitete er ihr noch, daß sie morgen anfangen wollten, das große Gästezimmer auszuräumen, denn das sollte Claires Zimmer werden, wenn sie einmal das Bedürfnis hat, allein zu sein.

Er beauftragte sie, sich um den Maler aus dem Dorf zu kümmern, denn er wollte, daß das Zimmer von Grund auf neu und frisch hergerichtet wird.

„Also, erst einmal herzlichen Glückwunsch, ich freue mich für Sie, und morgen fangen wir an."

„Ach übrigens, Chak wird rüberkommen und mit helfen, die Möbel zu stellen." Paola war voller Elan, am liebsten hätte sie gleich angefangen. Sie freute sich über die Veränderung im Haus.

Täglich telefonierte Andrè mit Claire und sagte ihr, daß er sie schon bald holen wird.

Die Tage vergingen wie im Flug, und alles war für Claire bereit.

Andrè fuhr ein zweites Mal nach Paris. Er war aufgeregt wie ein Teenager. Nie hätte er gedacht, ausgerechnet Claire in sein Haus zu holen, aber nun war es doch soweit. Er glaubte fest daran, mit ihr noch einmal glücklich zu werden.

Claire saß auf gepackten Koffern. Robert und Annette waren zum Abschied gekommen und die Schlüssel in Empfang zu nehmen

Andrè meinte: „Es ist doch allerhand zusammengekommen, was wir unterbringen müssen." Robert half mit, das Auto zu beladen. Claire ging noch einmal durch die Wohnung und schaute, ob sie auch alles für ihre Nachmieterin so hinterlassen konnte, wie es besprochen war. Claire weinte keine Träne beim Abschied.

„Werden wir uns denn wiedersehen? Vergeßt uns auch nicht", sagte Annette, die schon ein wenig traurig war, ihre langjährige Freundin so schnell zu verlieren.

„Ihr werdet doch sicher wieder einmal bei uns am Meer Urlaub machen?" fragte Andrè. „Nun, aber einsteigen, sonst gibt es noch Tränen."

„Eine gute Fahrt und alles Gute ihr zwei, laßt bald etwas von euch hören!" Langsam rollte das Wohnmobil davon.

Etwas betroffen standen Robert und Annette noch am Hauseingang. Kopfschüttelnd sagte er: „Wer hätte das gedacht?"

7. Kapitel

Paola hatte für den Empfang alles gut vorbereitet. Eine Girlande hatte sie für ihre neue Herrin und Freundin am Hauseingang angebracht. Sie hatte gebacken und gebraten und das Haus geflimmert. Gerade war sie mit allem fertig, da rollte das Auto in den Vorhof ein. Claire sprang als erste heraus und die beiden Frauen lagen sich in den Armen.

Jetzt flossen sogar ein paar Tränen, aber es waren Freudentränen.

„Herzlich willkommen, liebe Claire, ich freue mich riesig, daß du nun für immer da sein wirst."

„Ach, was hast du dir für Mühe gemacht, sogar eine Ranke hast du angebracht, schau nur Andrè."

„So, nun kommt herein, das Essen ist fertig, das Auto könnt ihr morgen ausräumen, es wird ja schon dunkel."

Andrè schüttelte den Kopf und meinte: „Ein Glück, daß wir unsere Paola haben, danke für den herzlichen Empfang."

Nach dem Essen fragte Paola: „Na Claire, wo wirst du heute schlafen? Bei mir — oder?"

Verschmitzt schaute sie Andrè an, der da gleich die Frage richtig stellte: „Ja Paola, das ist nun vorbei, sie wird von nun an bei mir schlafen", und er nahm seine zukünftige Frau in die Arme. „Nun komm mit nach oben, ich möchte dir dein Zimmer zeigen, was wir morgen noch mit deinen Möbeln einrichten werden."

Er öffnete die Tür des ehemaligen Gästezimmers und schaltete das Licht ein. „Was habt ihr hier angestellt? Es ist alles neu. Wie habt ihr das in so kurzer Zeit geschafft? Ach Andrè, ich danke dir, womit habe ich das verdient?"

„Du sollst dich einfach wohlfühlen und keine Sehnsucht nach deiner Pariser Wohnung bekommen."

„Das werde ich bestimmt nicht", und sie küßte ihn zärtlich.

„Für heute machen wir Schluß, denn der Tag war anstrengend genug. Ich hole noch deinen Koffer mit deinen persönlichen Sachen herein und stelle ihn dir in das Badezimmer."

Paola stand an der Tür und fragte: „Na, gefällt dir dein Zimmer?"

„Oh, ja, wenn erst einmal die Möbel drin stehen, dann ist es komplett. Ich danke dir, denn hier hast du bestimmt einen großen Anteil daran."

Andrè kam mit dem Koffer und sagte: „So Paola, nochmals danke und jetzt möchten wir allein sein."

Mit einem Lächeln antwortete sie: „Ich wünsche eine bezaubernde Nacht, dann bis morgen."

Zufrieden ging sie in ihr Türmchen. Lange konnte sie keinen Schlaf finden, immer wieder mußte sie daran denken, was sie doch im Hause Ravèl für ein Glück gefunden hatte.

Am nächsten Morgen war sie zeitig auf den Beinen, denn sie wollte das Frühstück fertig haben, bevor Claire und Andrè herunter kämen. Aber so eilig hatten es die beiden nach ihrer ersten Nacht im gemeinsamen Heim nun doch nicht.

Umso erstaunt waren sie, als Chak und Louise so früh eintrafen. „Guten Morgen, die Herrschaften, seit ihr gar erst aufgestanden?"

„Na, nun mach sie nicht verlegen, kannst du das nicht verstehen?"

„Es kann gleich losgehen", entschuldigte sich Andrè. Gemeinsam war das Auto schnell entladen und die Möbel standen an ihrem Platz.

Es folgte eine wunderschöne Zeit für Andrè und Claire.

Sie nutzten jede Stunde, um gemeinsam etwas zu unternehmen, wenn er nicht unbedingt malen mußte.

Entweder sie machten kleine Ausflüge mit dem Auto, oder gingen einfach nur am Strand spazieren. Auch die alte Bank oben, wo Alices Gedenkstein war, wurde oft Ziel eines Abendspaziergangs. Dort träumten sie von vergangenen Zeiten und von der Zukunft. Auch wenn er in seinem Reich war, um zu malen, saß sie an seiner Seite, so wie es auch Alice getan hatte.

So verging die Zeit und der Sommer kündigte sich an. Chak erinnerte Louise daran, die Hochzeit nicht zu vergessen. Er sprach auch Andrè diesbezüglich wieder an.

„Wollten wir nicht im Sommer eine Doppelhochzeit steigen lassen? Ich hatte es schon ernst damit gemeint. Maria hat doch auch Urlaub und wird etwas länger zu Hause sein."

„Ja, ich bin schon auch der Meinung, daß wir zusammen heiraten werden. Also sprechen wir mit unseren Frauen darüber."

Louise machte den Vorschlag, die Trauung in der Stadt und ebenfalls das anschließende Essen im engsten Familienkreis zu begehen.

„Was heißt im engsten Familienkreis", fragte Chak.

„Na, ich dachte, die zwei Paare, Maria und vielleicht ihr Herr Doktor? Paola und Andrès Freunde Robert und Annette, die sowieso gerade Urlaub bei uns machen. Andrè du hättest sicher gern Michel und Caroline dabei gehabt? Dann fällt mir noch die Hausdame des Herrn Doktor ein, sie hat doch den Leo von Kindheit an erzogen. Ja, natürlich, wenn sie einverstanden ist." Das war auch die Meinung von Louise.

„Also, da wären wir 12 Personen und 2 Kinder."

„Nun müssen wir uns noch über den Tag einig werden, denn dann erst können wir zum Pfarrer in die Stadt fahren", erklärte Chak.

Ein Datum war schnell gefunden und die beiden Paare vereinbarten den Tag, wo sie in die Stadt fahren wollten.

Louise telefonierte mit Maria und fragte, ob es bei ihrem Urlaub bleiben würde? Nun ich habe noch eine Frage, mein Kind: „Wäre denn der Herr Doktor bereit mitzukommen und dein Brautführer zu sein?"

„Ja, liebste Louise, wir haben schon darüber gesprochen und er würde sich freuen, meine Familie näher kennenzulernen. Ihr müßt nur, sobald wie möglich, uns den genauen

Termin nennen, denn lange kann er die Praxis nicht schließen. Ich freue mich schon auf euch und eure Hochzeit."

„Wirst du es auch verkraften, wenn Andrè, dein Bruder, eine andere Frau heiratet?"

„Aber ja, ich bin doch jetzt auch ganz glücklich."

„Das freut mich mein Kind, also bis später."

Bevor sie in die Stadt fuhren um den Hochzeitstermin festzulegen, sprach Andrè noch einmal mit dem Dorfpfarrer und bat ihn um Verständnis, daß sie sich nicht in seiner Kirche trauen ließen.

„Kein Problem Herr Dr. Ravèl, das kann ich schon verstehen. Ich wünsche ihnen dieses Mal viel Glück."

Das beruhigte Andrè sehr. Nun konnten sie mit gutem Gewissen den Pastor in der Stadt aufsuchen.

Da die Papiere in Ordnung waren, gab es seitens der Kirche keine Beanstandungen und der Tag der Trauung wurde festgelegt. Anschließend bestellten sie in einem Nobelrestaurant das Mittagessen. Alles lief wie gewünscht, es fehlte nur noch die passende Kleidung. So gingen Louise und Claire in einen Brautausstatter. Die Männer schauten sich inzwischen in anderen Geschäften um. Bestimmt hatten sie auch etwas zu kaufen, womit sie ihre Frauen am Hochzeitstag überraschen wollten.

Louise hatte schnell ein passendes Kleid in nachtblau, gefunden. Nur Claire fiel es schwer, sich zu entscheiden. Lang sollte es schon sein, nur nicht weiß. Schließlich hatte sie sich für ein elegantes, champagnerfarbenes Seidenkleid mit abnehmbarer Schleppe entschieden. Dazu war ein Diadem als Kopfschmuck gedacht.

Louise meinte: „Du siehst aus, wie eine Märchenprinzessin. Andrè wird begeistert sein."

„Na, bestimmt auch über die Rechnung."

„Mach dir nur darüber keine Gedanken", fügte Lu hinzu.

Voller Ungeduld warteten Andrè und Chak auf einer Parkbank auf sie. „Nun, habt ihr gut eingekauft?" fragte Andrè.

„Wir glauben schon, daß es euch gefallen wird," antwortete Claire.

Der Termin stand fest, die Garderobe war perfekt, nun konnten die Einladungen verschickt werden.

Michel und Caroline sollten es persönlich erfahren.

Alle waren in guter Stimmung und Vorfreude, denn wann gab es schon mal eine Doppelhochzeit.

Viel zu schnell verging die Zeit bis zum Hochzeitstermin. Robert und Annette waren inzwischen angereist, die ja ihren Urlaub im Hause Sartrè verbringen wollten.

Auch Maria und Herr Dr. Camus kamen schon ein paar Tage eher. Seine Hausdame kam etwas später.

Dr. Camus fand das Anwesen von Maria ganz traumhaft und dazu das Meer vor den Augen. Einmal äußerte er, daß er am liebsten hier auf dem Lande seine Praxis haben möchte. Als Landarzt zu arbeiten, das hatte er sich manchmal gewünscht. Auch die Menschen hier, schienen ihm viel zugängiger zu sein, als die Stadtleute. Chak munderte ihn noch auf, sich doch hier niederzulassen, denn der nächste Arzt sei in der Stadt.

Einmal, als Louise ihre Maria mal ganz allein für sich hatte, fragte sie: „Ich will ja nicht neugierig sein, aber ist es denn zwischen euch etwas Ernstes, oder seit ihr noch nicht so weit?"

„Ach Louise, er möchte schon, das hat er mir oft zu verstehen gegeben, aber ich weiß nicht, ob ich das schaffe, eine Arztfrau zu sein."

„Ja, liebes Kind, das muß dir dein Herz sagen, da kann keiner raten."

Der Tag der Hochzeit war da und alle waren aufgeregt.

Chak von Daalen holte seine Louise aus ihrem Zimmer ab und überreichte ihr einen Strauß roter Rosen. „Ich bin glücklich, daß du heute meine Frau wirst", und er küßte sie auf die Wangen.

Welch eine Augenweite, Maria schritt am Arm des Doktors die Treppe herunter. Er schien sehr stolz auf seine Begleitung zu sein.

Auch Robert und Annette hatten sich fein gemacht und waren zur Abfahrt bereit.

Frau Rosa, wie sie genannt wurde, fuhr mit ihrem eigenen Wagen, denn sie sollte Paola mitnehmen.

Inzwischen hatte Andrè seine zukünftige Frau in seine Arme geschlossen. Er war geblendet von der Eleganz ihres Kleides. Heute nahm er es besonders wahr, wie schön sie eigentlich war. Paola hatte die Blumenkinder abgeholt, die mit dem Brautauto fahren sollten. Sie selbst stieg in das Auto von Rosa, in dem auch Michel und Caroline Platz fanden.

An der Küstenstraße, am Fuße der Steilküste, trafen sich die Autos, um dann gemeinsam zur Kirche zu fahren.

Die Sonne blinzelte durch die Wolken, als wollten sie die schönen Paare auch sehen.

Die Glocken läuteten vom Kirchturm, und der Priester empfing die Brautpaare und deren Gäste am Portal.

Das Blumenstreuen klappte ganz gut, denn die Kinder hatten ja Erfahrung vom letzten Mal.

Die Trauung war für alle sehr aufregend. Als der Pfarrer zu Andrè sagte: „Wollen sie diese Frau ..." durchfuhr es ihn heiß und kalt, denn schon einmal wurde ihm diese Frage gestellt und es geschah etwas, was sein ganzes Leben durcheinander gebracht hatte. Ebenso erging es Maria. Sie schaute ihren Bruder gebannt an, und sie fühlte genau, was er in diesem Moment durchlebte.

Die anderen Anwesenden waren erleichtert, als sie ihr „Ja" gesagt hatten.

Nun war das ältere Brautpaar an der Reihe. Auch an sie ging die gleiche Frage. Louises Hände zitterten und ihr Hals drohte zuzuschnüren. Nur Chak war ganz gefaßt und strahlte den Pfarrer an. Als er sein „Ja" laut und deutlich gesagt hatte, küßte er seine Lu noch, bevor er die Aufforderung bekam. Da konnte selbst der Pfarrer ein Schmunzeln nicht unterdrücken.

Auch Claire hätte am liebsten die ganze Welt umarmt.

Es begann die große Gratulation und ein Orgelspiel begleitete die Hochzeitsgesellschaft aus der Kirche.

Wie im Traum schritt Louise am Arm ihres Gatten die Kirchenstufen hinunter. „So, liebe Louise, jetzt bist du Frau von Daalen", und wieder küßte er sie hemmungslos, was ihr ziemlich peinlich war. Diese Offenheit steckte nun auch Andrè an und er nahm Claire fest in seine Arme.

Etwas verlegen trafen sich die Blicke von Maria und dem Herrn Doktor. Er hätte sie schon ganz gern vor allen geküßt, aber das traute er sich nicht.

Michel und Caroline schauten gedankenverloren zu, und sicher dachten auch sie an die Zeit zurück, als sie noch jung waren.

Paola mahnte zum Aufbruch.

Im Restaurant war alles aufs Feinste für das Hochzeitsmahl vorbereitet. Erst gegen Mitternacht neigte sich das Fest seinem Ende.

Für Claire ging der Tag wie im Traum an ihr vorüber.

Auch Andrè konnte es kaum fassen, daß er wieder verheiratet war.

Dr. Leon Camus und seine Hausdame blieben noch zwei Tage an der Küste, dann mußten auch sie wieder abreisen. Es hatte ihn in beiden Häusern sehr gut gefallen, und er konnte sich vorstellen, sich später einmal hier niederzulassen. Maria blieb, solange sie Urlaub hatte, in ihrem Elternhaus.

Sie besuchte Andrè und Claire, ging schwimmen und genoß die frische Meeresluft, die sie in der Stadt vermißte.

Robert und Annette waren auch wieder nach Hause gefahren und hatten reichlich Luft und Sonne getankt.

Inzwischen zog langsam aber sicher der Herbst ins Land. Die Stürme vom Meer bliesen stärker denn je. Der Strand war fast leer, nur noch selten war ein Boot auf dem Wasser. Nur die Fischerboote zogen bei Wind und Wetter ihre Bahnen.

Auch bei Louise hatten sich die letzten Feriengäste verabschiedet und im Haus war wieder Ruhe eingezogen.

So, nun war endlich auch einmal Zeit für persönliche Wünsche, z.B. für einen Theaterbesuch oder ein Konzert. Dafür sorgte Chak, denn er liebte solche Abende. Auch Andrè und Claire waren mit von der Partie.

Doch eines Tages mußte Andrè absagen, denn Claire fühlte sich nicht wohl. Es ging ihr schon ein paar Tage nicht gut, was man ihr auch ansah. Andrè machte sich Sorgen, denn noch nie hatte er sie so gesehen. Nicht einmal essen wollte sie.

Paola versuchte alles, um sie zum Essen zu bewegen.

Einmal erlaubte sich Paola eine Bemerkung und sagte zu Andrè: „Ich glaube, Sie sollten mit ihr mal zu einem Frauenarzt gehen."

„Was soll denn hier ein Frauenarzt helfen", erwiderte er fast entrüstet. Aber als ihr Magen schon über eine Woche streikte, erinnerte er sich der Worte von Paola. Aber erst sprach er mit Claire darüber. „Was soll ich denn ...?" Plötzlich stockte sie. „Ach nein, ... das kann doch gar nicht sein, ich habe doch ..."

„Was ist Liebes?"

Nach langem Nachdenken sagte sie: „Oder bin ich etwa schwanger?"

„Claire! Komm, laß uns zu einem Frauenarzt fahren. Das wäre ein Geschenk des Himmels!"

Noch am gleichen Tag fuhren sie in die Klinik.

Die Ärztin war sehr freundlich und forderte Claire auf, sich entsprechend frei zu machen.

Andrè mußte allerdings draußen warten und in Gedanken

sah er sich schon als werdender Papa. Die Wartezeit wurde ihm zur Qual. Im Sprechzimmer untersuchte die Ärztin Claire mit Ultraschall. Endlich brach sie das Schweigen, indem sie sagte: „Ja, Frau Ravèl, ich gratuliere, Sie sind schwanger!"

Jetzt weinte Claire und ließ den Tränen freien Lauf, so daß die Ärztin glaubte, daß sie außer sich ist, ein Kind zu bekommen.

„Aber Frau Ravèl, freuen Sie sich doch, wie viele Paare wünschen sich ein Kind und können keins bekommen."

„Ich freue mich doch so sehr, daß ich weinen muß. Bitte rufen Sie jetzt meinen Mann herein, er wird vor Freude an die Decke springen."

„Herr Dr. Ravèl, ich gratuliere, Sie werden Papa!"

Ohne zu überlegen, umfaßte er sie und wirbelte sie herum.

Dann nahm er seine Frau in die Arme und flüstere ihr leise ins Ohr: „Du bereitest mir das schönste Geschenk der Welt. Nie hätte ich zu hoffen gewagt, daß ich noch einmal Vater werden könnte. Komm, Liebes, laß uns nach Hause fahren und allen Freunden verkünden, warum wir so glücklich sind."

Die Ärztin schaute fast neidvoll den werdenden Eltern zu.

„Wenn ich Sie noch mal stören darf, in vier Wochen möchte ich Sie wiedersehen, dann wird es ihnen bestimmt schon besser gehen. Also, dann bis dahin, alles Gute."

Zu Hause angekommen, wartete Paola schon ungeduldig auf den Befund von Claires Unwohlsein.

„Nun Claire, was bringst du für Neuigkeiten mit? Ich glaube, es ist etwas Erfreuliches, stimmt's?"

Claire fiel ihr gleich um den Hals und fing an zu weinen.

„Ich bin ja so glücklich, du hast recht gehabt, wir bekommen ein Baby."

„Ich wünsche euch viel Glück. Da wird wohl dein Mann sehr stolz sein. Es wird ja auch Zeit, daß endlich junges Leben ins Schlößchen einzieht."

„Wollen wir noch heute zu Louise und Chak fahren?" fragte Andrè.

„Ja, gern, du kannst es wohl auch nicht erwarten, ihnen zu sagen, daß wir ein Kind bekommen?" Er lächelte verliebt und sagte nur: „Komm Liebes, steig ein, sie sollen es heute noch erfahren."

Erstaunt schauten die Daales Andrè und Claire an. „Na, was gibt es, ihr seht so aus, als wenn ihr für uns eine Überraschung habt?"

„Das haben wir auch." Claire sprudelte hastig heraus, was es zu berichten gab.

Fragend schaute Louise Andrè an, denn sie konnte kaum glauben, was Claire eben gesagt hatte. „Ja, es ist so, Claire ist schwanger, darum ist es ihr auch so elend, das ist wohl manchmal so."

„Darauf müssen wir anstoßen, kommt herein", forderte Chak sie auf. Louise hob den Zeigefinger und sagte: „Aber von nun an gibt es für die werdende Mutter nur Saft, das versteht sich doch."

Im Hause Ravèl begann eine wunderbare Zeit.

Andrè und Claire waren glücklich und beide erlebten das heranwachsende Leben täglich neu. Claire genoß die Fürsorge von Andrè, denn er las ihr jeden Wunsch von den Augen ab.

Die Winterabende waren lang und es gab viel Zeit zum Kuscheln.

Doch einmal erlebte Andrè eine schreckliche Stunde. Er sah Claire in einem zarten Nachtkleidchen im Schlafzimmer vor dem Spiegel stehen. Ihr Bäuchlein, was nun schon ganz schön rundlich war und die prallen Brüste, schimmerte hindurch. Für einen Augenblick sah er Alice, so wie er sie gemalt hatte.

Plötzlich beschlich ihn Sorge, daß er sie auch verlieren könnte. Er nahm seine Frau in die Arme und küßte sie stürmisch, dabei flossen heimlich ein paar Tränen, teils wegen Verlorenem und teils vor Glück, was er zu erwarten hatte.

Wenn Andrè malte, verbrachte Claire viel Zeit mit Paola. Gern ging sie mit ihr auf den Markt zum Einkaufen. Sie konnte beobachten, daß die Leute aus dem Fischerdorf neugierig hinter ihr, der Neuen des Malers, herschauten, aber sie freundlich grüßten.

Claire ging gern mal in einen kleinen Krämerladen im Dorf. Dort gab es viele Dinge, die sie sonst nirgends bekam. Die ältere Besitzerin sah die Malersfrau gern kommen und machte mit ihr gern ein Schwätzchen.

Aber bald wurde ihr das Laufen zu viel und sie fuhr lieber mit dem Auto.

Ihr Bäuchlein war kugelrund und sie sagte zu Andrè: „Weißt du Schatz, ich glaube es wird Zeit, in die Stadt zu fahren, um Babysachen einzukaufen."

„Ja, wenn du meinst, da laß uns fahren."

Claire steuerte das erste Geschäft an, aber Andrè meinte: „Laß uns in das große Haus am Markt gehen, dort hast du bessere Auswahl."

Andrè wollte bewußt nicht in das Geschäft gehen, denn er befürchtete, daß die Verkäuferin ihn wiedererkennt, aber auch, daß er mit einer anderen Frau kommt. Also gingen sie in den Babyausstatter, den Andrè vorgeschlagen hatte. Es gab wirklich ein tolles Angebot und Claire ließ sich von der Verkäuferin beraten. Sie hatte schon einen ganzen Korb voll, lauter süße Sachen eingepackt. Plötzlich stutzte Andrè, denn Claire hatte ein Paar Schuhchen in der Hand. „Schau, Andrè, sind die nicht allerliebst?"

Ihm stand der Schweiß auf der Stirn. Er sah auf einmal ein Paar Schuhchen auf dem Meer schwimmen. Seine Füße wollten ihren Dienst versagen und er mußte sich setzen.

„Was ist mit dir Schatz? Brauchst du frische Luft?"

Eine Verkäuferin kam schon mit einem Glas Wasser und fragte: „Sollen wir einen Arzt rufen?"

„Nein danke, es geht schon wieder." Claire war sehr besorgt und fragte: „Was war denn nur mit dir?"

„Ach weißt du, es waren alte traurige Erinnerungen. Alice hatte doch damals auch solche Schuhchen gekauft, die nun draußen auf dem Meer schwimmen, oder auch in den Tiefen des Ozeans versunken sind."

„Oh, das tut mir leid, ich werde sie wieder zurückbringen, es müssen nicht diese sein." Claire konnte gut verstehen, was er in diesem Augenblick durchmachte und sie beendete ihren Einkauf. Außerdem war es ja genug.

Sorgenvoll beobachtete Claire ihren Mann bei der Heimfahrt, denn er war sehr schweigsam. Doch zu Hause hatte er sich schnell wieder gefangen und erzählte Paola, was sie alles eingekauft hatten. Doch als die Frauen allein waren, konnte Claire nicht umhin ihr zu berichten, was in dem Geschäft vorgefallen war.

„Mach dir keine Sorgen Claire, die Erinnerungen werden wohl noch manchmal kommen. Wenn erst euer Kind da ist, wird bestimmt alles gut werden"

Diese lieben Worte trösteten sie sehr.

Doch wo war eigentlich Andrè? Sie konnte ihn im Haus nicht finden. Paola gab ihr einen Tip. „Bestimmt ist er oben an seiner Bank." Dahin zog es ihn immer, wenn er Sorgen hatte oder einmal allein sein wollte.

Claire ging hinauf an die äußerste Spitze ihres Anwesens. Dort fand sie ihren Mann ganz in Gedanken versunken.

„Hallo Schatz! Darf ich mich zu dir setzen?"

„Komm Liebes." Er nahm sie fest in seine Arme und streichelte ihr Bäuchlein. Der kleine Kerl darin gab seinem Papa einen liebevollen Stoß. Die Begegnung mit seinem Kind vertrieb seine trüben Gedanken sofort weg, denn das machte ihn einfach glücklich.

8. Kapitel

Der Herbst nahte mit großen Schritten, und die Bäume im Park hatten längst ihr buntes Kleid angelegt.

Dicke Nebelschwaden hingen über dem Meer, so daß kaum mal ein Schiff zu sehen war. Nur ab und zu war ein dumpfes Hupen der Schiffssirenen zu hören.

Es war wohl heute das letzte Mal, daß Andrè mit Claire eine kleine Strandwanderung unternahm, denn es fiel ihr schwer zu laufen.

Die Zeit der Entbindung rückte immer näher.

Groß war die Freude bei Michel und Caroline, daß die beiden noch einen Abstecher bei ihnen machten.

Plötzlich erstarrte Andrè, als er die Wrackteile seines Bootes in Michels Schuppen sah.

„Was ist mit dir?" fragte Claire besorgt.

Andrè wand sich an Michel.

„Ich bitte dich, kannst du sie nicht verschrotten lassen?" Er zeigte dabei in das Innere des Schuppens. „Es muß entgültig aus meinem Gedächtnis verschwinden, ich muß damit abschließen."

„Das werde ich schnellstens tun. Ich habe mir nie getraut, dich daraufhin anzusprechen."

Caroline meinte später zu Michel: „Ich glaube, das Unglück von Alice wird er wohl nie überwinden können, da hat er sie viel zu sehr geliebt."

Lange hielten sich die beiden nicht auf, Claire wollte nach Hause.

Paola hatte im Dielenzimmer die Heizung angestellt, denn sie war der Meinung, daß es zum Sitzen doch schon zu kalt sei, denn der Seewind blies kräftig um die Hausecken und hier oben, ganz besonders. „Ach Paola, du bist ein Schatz! Du denkst doch einfach an alles." Die behagliche Wärme tat allen gut.

Claire fiel müde in einen Sessel und streckte ihre geschwollenen Beine aus. Auch der Rücken fing an zu schmerzen.

„Es war wohl doch ein bißchen zu viel, unsere Wanderung? Komm, ich werde dich ein wenig massieren, Liebes, das gefällt auch dem Kleinen." Ja, sie wußten, daß es ein Junge wird. Darauf war Andrè besonders stolz. Aber bis dahin war noch vier Wochen Zeit.

Doch in der Nacht nahmen die Schmerzen zu und Claire wurde unruhig. „Was meinst du, soll ich Paola rufen und hören, was sie sagt?"

„Ja Schatz, tue das."

Paola, die in dieser Nacht auch keinen Schlaf fand, sprang wie ein Blitz aus dem Bett, als sie das Telefon klingen hörte. Sie ahnte sofort, daß es sich um Claire handelte, denn im ganzen Haus brannte Licht.

Als sie Claire sah riet sie Andrè, doch die Klinik anzurufen. Es ist durchaus möglich, daß ein Kind früher zur Welt kommt.

Aufgeregt wählte Andrè die Entbindungsstation. Er hatte auch gleich die Hebamme, die Claire betreute, am Telefon.

„Nun mal ganz ruhig, Herr Doktor Ravèl. Beschreiben Sie mir mal die Schmerzen Ihrer Frau." Stotternd schilderte er den Hergang. „Eigentlich sind ja noch vier Wochen Zeit, aber wir werden kommen. Bitte bleiben Sie ganz ruhig, wir sind bald da."

„Danke." Weiter konnte er nichts sagen.

Paola hatte inzwischen den Koffer bereitgestellt, denn ihr war klar, daß Claire fort mußte.

Andrè war zu nichts fähig, er wollte doch mitfahren.

Paola beruhigte ihn und sagte: „Ich werde mich anziehen und ich fahre, denn Sie müssen ja auch wieder zurück, denn selbst fahren können Sie in ihrem Zustand nicht."

Es dauerte auch nicht lange, da hörten sie schon die Sirene des Krankenwagens. Dann ging alles sehr schnell.

„Ganz ruhig, liebe Frau", tröstete ein Sanitäter die werdende Mutter. „Ihr Ehemann sitzt neben Ihnen und kann Ihre Hand halten. Sie fahren hinter uns her", sagte er zu Paola, und ab ging die Fahrt.

In der Klinik stand alles schon bereit, um die ersten Untersuchungen vorzunehmen.

Andrè und Paola saßen angespannt auf dem Flur.

Es dauerte eine Ewigkeit, bis die leitende Hebamme mit ernster Mine herauskam.

Andrè sprang auf und überfiel sie mit tausend Fragen.

„So, Herr Doktor Ravèl, jetzt setzen Sie sich erst einmal wieder hin und dann können wir vernünftig reden. Bei Ihrer Frau ist es noch nicht ganz so weit, es kann noch einige Tage dauern. Sie bekommt jetzt erst einmal etwas gegen die Schmerzen, denn das sind keine Wehen, dann wird sie schön schlafen und Kräfte sammeln, denn Ihr steht noch ein harter Kampf bevor. Aber ich will Ihnen auch keine Angst machen, es besteht die Möglichkeit, daß wir das Kind mit Kaiserschnitt holen müssen, denn es ist sehr groß. So, und jetzt können Sie sich von ihrer Frau verabschieden und morgen sehen wir weiter."

Als Andrè und Paola das Zimmer betraten, war sie schon eingeschlafen, was natürlich den Abschied erleichterte.

Es war gut, daß Paola mit war, denn er wäre nicht in der Lage gewesen, das Auto zu steuern.

An Nachtschlaf war natürlich nicht mehr zu denken. Andrè konnte den neuen Tag kaum erwarten. Schon zeitig machte er sich auf, um in die Klinik zu fahren. Jedoch bei Claire hatte sich noch nichts verändert.

Der Oberarzt erklärte den besorgten, werdenden Vater, daß sie noch zwei Tage warten würden. Wenn sich bis dahin nichts tut, müßten sie das Kind holen.

„Ihre Frau ist Mitte dreißig, und da ist das nicht ungewöhnlich. Aber Sie brauchen sich keine Sorgen zu machen und nun gehen Sie zu Ihrer Frau, sie wartet bestimmt schon auf Sie."

Mit gemischten Gefühlen betrat er das Zimmer.

„Guten Morgen, mein Liebes!"

„Andrè du bist schon da? Aber dein Sohn läßt noch auf sich warten. Guten Morgen mein Schatz."

„Ich habe schon mit dem Chefarzt gesprochen und er hat gesagt, daß alles gut wird. Spätestens in zwei Tagen werden wir unseren Sohn in den Armen halten können. Hab nur noch ein bißchen Geduld."

Eine Schwester kam herein und bat den Herrn Doktor, wieder zu gehen. „Wir rufen Sie sofort an, wenn sich etwas tut."

Andrè verabschiedete sich mit einem dicken Kuß von seinem Frauchen.

Die zwei Tage waren um und es hatte sich noch nichts verändert. Das Ärzteteam hatte sich entschlossen, mit Einwilligung des Ehepaares, das Kind zu holen.

Alles war vorbereitet. Claire wurde in den OP gefahren. Andrè ging auf dem Klinikflur auf und ab.

Eine junge Schwester kam und sagte: „Herr Doktor Ravèl, gehen Sie hinaus in den Park, das lenkt Sie ab, denn das kann dauern und außerdem ist die Luft draußen besser als hier drinnen."

Erst schaute er sie etwas ungläubig an, aber dann befolgte er ihren Rat. Er setzte sich auf eine Parkbank und schaute den Leuten zu, die da kamen und gingen.

Ein Taxi kam vor die Eingangshalle gefahren und eine hochschwangere Frau stieg aus. Sofort kamen Schwestern mit einem Rollstuhl, denn bei ihr schien Eile geboten zu sein. Der angehende Papa übergab noch die Tasche, er hatte kaum Zeit, sich von seiner Frau zu verabschieden und schon rollten sie mit ihr davon.

Sicher ging bei ihr alles schnell von selbst, nicht so wie

bei seiner Claire. Doch endlich, ein erlösender Ruf einer Schwester: „Kommen Sie Herr Doktor Ravèl, Ihr Sohn ist da."

Ihm zitterten die Knie, und er hatte Mühe, ein paar Freudentränen zu unterdrücken.

Die Hebamme überreichte ihm ein schreiendes Bündel und alle gratulierten ihm zu diesem prächtigen Stammhalter.

„Es ist alles gut Herr Doktor. Der Bub ist kräftig genug, trotz daß er drei Wochen zu früh kam."

Ungläubig schaute Andrè das kleine krebsrote Kerlchen an und sagte: „Das ist also mein Kind? Er sieht doch so ..."

„... zerknittert aus?" ergänzte die Hebamme. „In ein paar Tagen wird sich sein Aussehen verändern, dann wird er ihnen besser gefallen."

„Hier haben Sie ihn wieder, kann ich jetzt zu meiner Frau?"

„Das können Sie, mal sehen ob sie schon ganz wach ist, sie wird noch von der Narkose benommen sein.

„Hallo mein Liebes! Hörst du mich?" Er beugte sich über sie und küßte ihre bleichen Wangen. Abwechselnd streichelte er ihre Hände und das Gesicht, aber sprechen konnte sie noch nicht.

Die Oberschwester kam und sagte zu ihm, daß es besser sei, sie noch schlafen zu lassen. „Kommen Sie morgen wieder, dann sieht die Welt ganz anders aus."

Er drückte seine Lippen auf ihren Mund und flüsterte: „Ich danke dir für das schönste Geschenk, was du mir gemacht hast. Schlaf dich erst einmal aus, ich komme morgen wieder."

Andrè fand zu Hause keine Ruhe, nicht einmal beim Malen.

Also besuchte er Chak und Louise, die natürlich auch neugierig waren, etwas Genaues zu erfahren.

Er erzählte, was Claire durchgemacht hatte und wie der kleine Mann aussah. „Ich war schon ein wenig erschrocken, daß mein Kind so rot aussah und so faltig war. Aber die Hebamme tröstete mich, daß er sich bis morgen schon verändert hätte. Na, ich bin ja gespannt, und mit Claire habe ich auch noch nicht gesprochen, sie lag noch in der Narkose. Jedenfalls bin ich erleichtert, daß alles vorbei ist. Ich werde alles tun, damit meine Frau wieder richtig auf die Beine kommt. Paola wird mich dabei gut unterstützen, das hat sie mir schon zugesichert. Ich werde heute noch an Maria und nach Paris eine Anzeige von der Geburt unseres Sohnes schicken."

„Wir wünschen euch auf jeden Fall, alles Gute. Wenn Claire wieder zu Hause ist, werden wir euch besuchen und den neuen Erdenbürger begrüßen. Wie heißt er denn überhaupt?"

„Wir haben uns auf Jean geeinigt, der Name paßt am besten zu Ravèl."

Als Andrè am nächsten Tag in die Klinik kam, war die Freude groß. Claire sah gut und glücklich aus, denn sie hatte gerade ihr Söhnchen zum Kuscheln bekommen. Tatsächlich konnte er feststellen, daß der Kleine viel hübscher aussah. Die tiefen Falten waren verschwunden und auch das Rot hatte sich in ein zartes Rosa verwandelt,

Claire ging es den Umständen entsprechend gut. Natürlich mußte sie noch in der Klinik bleiben. Auch dann bedurfte sie noch Schonung.

Endlich war es soweit und Andrè konnte Claire und seinen Sohn nach Hause holen. Paola hatte alles für den Empfang gut vorbereitet. Behutsam legte Andrè das Kind in die Wiege, denn er schlief gerade und das sollte möglichst noch eine Weile andauern.

Es war so wunderbar den schlafenden Kleinen zu beobachten. Aber die beschauliche Ruhe hielt nicht lange an. Der Bub räkelte sich und gähnte herzhaft. Gleich zeigte er, was er für eine kräftige Stimme hatte. Ganz sicher hatte er Hunger und Claire hatte gelernt, wie man da Abhilfe schaffen konnte.

Andrè sah mit Staunen und Freude, wie geschickt sie mit dem Kleinen umging.

Die erste Nacht war für alle sehr unruhig, denn alle vier Stunden forderte Jean seine Mahlzeit.

Aber schon nach sechs Wochen schlief der kleine Mann durch.

Zu Weihnachten sollte Taufe sein, denn da kam auch Maria heim und sie sollte Patin werden. Auch Chak und Roberts Frau Annette wollten unbedingt eine Patenschaft übernahmen.

Die Taufe sollte in der heimischen Dorfkirche stattfinden.

Es wurde ein schönes Weihnachtsfest. Die kleine Familie Ravèl mit Paola, Chak und Louise von Daalen, mit Maria Sartrè und auch Herr Doktor Camus waren zu den Festtagen anwesend.

Bei dieser Gelegenheit wollte sich der Doktor umsehen, um eventuell in der Nähe ein Haus zu kaufen, denn er hatte die feste Absicht, sich an der Küste niederzulassen.

Wenn das Haus Sartrè – von Daalen nicht hoch oben auf der Steilküste gelegen wäre, wäre dies ein geeignetes Objekt als Praxis. Aber so ist es für die Patienten zu beschwerlich, die Praxis zu erreichen.

Mit Maria war er sich auch näher gekommen, worüber sich Louise sehr freute. Wiedererwarten hatte sie die Sache mit Andrè gut und schnell verkraftet.

Chak bot dem Doktor an, sich mit ihm betreffs eines Hauses, umzusehen.

Nun war Louise klar, daß es der Doktor ernst meinte so fragte sie in direkt: „Wenn ich mir die Frage erlauben darf, da haben Sie wohl mit Maria feste Absichten?"

„Ja, natürlich, sie ist mir sehr ans Herz gewachsen, und sie ist auch gern bereit, mit mir das Leben zu teilen. Aber wir wollen nichts überstürzen. Im nächsten Sommer wollen wir uns verloben, aber mit der Heirat lassen wir uns noch Zeit. Sollte es natürlich mit einem Haus in der Nähe klappen, dann werden wir selbstverständlich eher heiraten. Sie werden alle rechtzeitig unsere Entscheidung erfahren."

Für Louise war das eine beruhigende Aussage, denn es war ihr sehnlichster Wunsch, ihre Maria in gesicherten und guten Händen zu wissen.

Im Stillen hoffte sie ja auch noch ein Enkelkind zu bekommen, denn sie betrachtete Maria als ihr Kind.

Bei den Ravèls hatte sich der Alltag mit dem kleinen Jean recht gut eingespielt.

Claire war eine perfekte Mutter und Andrè ein liebevoller Vater geworden. Beide nahmen sich viel Zeit für ihr Söhnchen und genossen mit großer Aufmerksamkeit seine Entwicklung. Nur wenn der Kleine schlief, war Andrè in seinem Atelier zu finden. Die Malerei war etwas ins Hintertreffen geraten, doch seine Aufträge mußte er schon erfüllen. Bei allen seinen Arbeiten schaute das Bildnis von Alice zu.

Aber das Gemälde seiner Mutter blieb nach wie vor verhangen. Er konnte ihren Lebenswandel, auch über ihren Tod hinaus nicht verzeihen. Zu viel Unglück und Schande hatte sie über die Familie gebracht. Besonders Maria hatte viele Jahre ihrer Kindheit und Jugend eingebüßt. Nun hoffte Andrè, daß sie bei dem Doktor das Glück finden würde.

※※※

Chak von Daalen hörte sich im Gemeinderat um, ob es nicht ein Haus zu kaufen gäbe, aber es müßte schon ein entsprechendes Anwesensein, was sich für eine Arztpraxis eignete.

Die Mitglieder horchten auf. Für eine Arztpraxis? Wer hätte denn den Mut, sich hier als Hausarzt zu etablieren. Aber einer meinte: „Vielleicht können wir da helfen", und Herr von Daalen erzählte nun, um was es sich handelte.

„Zwischen dem Dorf und der neuen Siedlung steht ein villenähnliches Gebäude, was verkauft werden soll. Aber bis jetzt hat sich noch kein Käufer gefunden, denn wo die vielen neuen Häuser entstehen, will doch keiner in ein altes Haus ziehen. Ein Jahr lang soll es zum Kauf angeboten werden, und wenn sich niemand findet, wird es abgerissen, aber das wäre zu schade, denn es ist schon ein schöner Bau. Der Käufer müßte schon für den Ausbau eine erhebliche Summe investieren. Aber ein Versuch wäre es schon wert, denn einen Doktor hier zu haben, das wäre schon ideal."

„Wäre es möglich, daß ich das Haus einmal besichtigen kann, damit ich dem Interessenten eine exakte Beschreibung geben kann?"

„In Ordnung, Herr von Daalen, wie wäre es am Samstag 10 Uhr?"

„Einverstanden, wir treffen uns am Gemeindehaus."

Freudig berichtete Chak alles seiner Louise, die da meinte: „Aber bitte entscheide nicht zu voreilig, bevor der Doktor das Haus nicht selbst gesehen hat."

Wie vereinbart, ging Chak aufgeregt zur Besichtigung. Es war so, wie er es sich vorgestellt hatte. Eine alte verlassene Villa, mit großen hohen Fenstern, einer Freitreppe und einem Balkon.

Natürlich war die Fassade erneuerungsbedürftig. Aber die Innenräume waren geschaffen für eine Arztpraxis. Ursprünglich war es die Kanzlei eines Rechtsanwaltes. Der alte Herr war in ein Pflegeheim gekommen, Angehörige hatte er nicht, also auch keine Erben.

Die obere Etage könnte als Wohnung modernisiert werden, oder es könnten auch Krankenzimmer für kleinere Sachen eingerichtet werden. Chak malte sich das alles perfekt aus.

„Was soll denn das Objekt kosten?" Das würde die Stadt mit dem neuen Besitzer aushandeln.

„Nach meinem Ermessen wird der Kauf zu 80% klappen. Ich bedanke mich und sie hören von mir wieder."

Der Bürgermeister und seine Mitarbeiter rätselten nun eifrig, wer der Käufer sein könnte, doch sie mußten sich in Geduld üben, denn fragen wollten sie nicht.

Freudig erzählte Chak seiner Louise was er gesehen hatte. „Keine Angst, liebe Lu, ich entscheide nichts. Wir könnten mal einen Spaziergang dahin unternehmen, da kannst du dich selbst vom Äußeren und der Lage überzeugen. Aber jetzt muß ich unbedingt den Doktor anrufen, sonst kann ich nicht schlafen."

„Tu, was du nicht lassen kannst.

Dr. Leon Camus war ganz erstaunt, daß sich Chak so für ihn einsetzte.

„Das klingt ja alles nicht schlecht was sie mir da erzählen, aber eher als zu Ostern kommen wir nicht an die Küste. Ich danke ihnen erst einmal für ihre Bemühungen und viele Grüße an alle.

In diesem Jahr hatte sich der Winter zeitig verabschieden, und ein Hauch von Frühling konnten die Küstenbewohner schon erahnen.

Ab und zu blinzelte die Sonne schon zaghaft durch die Wolken.

Die Fischer verkauften ihren Fang gleich wieder am Hafen und die Frauen trafen sich nun öfter wieder zu einem Schwätzchen.

Auch Paola kaufte am liebsten direkt fangfrisch am Hafenmarkt.

Dort traf sie auf Michel, der den Fischern beim Schlachten half, denn hinaus fuhr er nur noch selten, das wollte er den jüngeren überlassen.

„Na, wie geht es, wo ist Caroline? Wir haben uns lange nicht gesehen?" Michel winkte ab und machte ein trauriges Gesicht.

„Ach, Frau Paola, meine Caro will gar nicht mehr so richtig. Immer muß sie sich hinlegen, weil sie keine Luft bekommt."

„Habt ihr denn mal einen Arzt kommen lassen?"

„Ach wo, bis jetzt noch nicht."

„Aber, aber, ich werde es gleich Andrè sagen, daß ich Caroline mal in die Stadt zu einem Doktor fahre."

„Danke, aber das wird sie gar nicht wollen, sie meinte, sie brauche keinen Heiler, das wird schon wieder."

„Nein, nein, so geht das nicht. Ich melde mich schnellstens bei euch, wenn ich einen Termin habe. Grüßen Sie Ihre Frau ganz lieb von uns."

Eilig machte sie sich auf den Heimweg und berichtete Andrè, wie es um Michels Frau bestellt war.

„Aber warum haben sie sich denn nicht einmal bei uns gemeldet? Natürlich machen Sie schnell einen Termin bei Doktor Merimeè und fahren mit Caroline in die Stadt."

Das war schnell erledigt, und Paola rief bei Michel an, daß sie übermorgen, gegen 10 Uhr Caroline abholen würde.

Widerwillig raffte sie sich dann noch auf und saß bereit zum Abholen. „Kann ich nicht auch mitfahren?" fragte Michel.

„Aber natürlich, das ist mir auch lieb, daß Sie dabei sind."

Ungern ließ sich Caroline untersuchen, aber da half kein Sträuben.

Michel und Paola saßen angespannt im Wartezimmer. Als der Doktor herauskam machte er ein sorgenvolles Gesicht und bat den Ehemann herein, um mit ihm allein zu sprechen. Nun warteten die beiden Frauen draußen. Caroline unterbrach die Stille und meinte: „Es wird schon nichts weiter sein, denn der Doktor hat fast gar nichts gesagt."

Aber als Michel herauskam, war sie nicht mehr so sicher,

denn er sagte: „Also, liebe Caro, der Doktor will dich ein paar Tage zur Beobachtung hier behalten — keine Wiederrede. Wir bringen dir ein paar Sachen, mach dir keine Sorgen, bald bis du wieder zu Hause."

„Das geht doch nicht, mein Alter, wer soll sich denn um dich kümmern?"

„Mach dir um mich keine Sorgen, jetzt geht es um deine Gesundheit. Wir kommen heute noch und bringen dir ein paar Sachen."

Die Schwester kam mit einem Rollstuhl und fuhr Caroline in das Behandlungszimmer.

„Kommen Sie, ich helfe Ihnen beim Ausziehen, vor mir brauchen Sie sich nicht zu schämen, das mache ich jeden Tag."

Unter Tränen gestand Caroline, daß sie noch nie in einem Krankenhaus war. „Ob ich denn lange hier bleiben muß?"

„Das kann ich Ihnen heute auch noch nicht sagen, aber wenn Sie alles folgsam machen und die Tabletten schlukken, dann wird es bestimmt nicht so lange dauern."

„Tabletten soll ich schlucken? Ich habe in meinem ganzen Leben keine gebraucht, wer weiß ob ich diese Dinger überhaupt runter bekomme."

„So, nun legen Sie sich erst mal auf die Liege. Gleich wird der Doktor kommen und Sie untersuchen. Nun beruhigen Sie sich, das alles wird nicht so schlimm."

Mit einem tiefen Seufzer tat sie, was die Schwester verlangte und faltete ihre Hände zu einem stillen Gebet.

Paola war mit Michel auf der Heimfahrt und keiner sprach ein Wort. Plötzlich fragte er mit zitternder Stimme: „Du lieber Gott, was soll ich denn ohne meine Caro machen?"

„Nun, sie wird doch wiederkommen, was hat denn eigentlich der Doktor gesagt?"

„Er hat deutlich und ohne Umschweife zu verstehen gegeben, daß es keine Hoffnung auf Besserung gibt. Sie hätte Wasser in der Lunge und eine Operation würde ihr Herz nicht mehr verkraften. Sie wollen mit Medikamenten versuchen, das Wasser in ihrem Körper zu mindern, damit das Herz entlastet würde."

Paola hatte sich schon so etwas gedacht. Sie fuhr mit in sein Haus, um ihn beim Aussuchen der Sachen zu helfen, denn er war gar nicht in der Lage, das Richtige zu finden. Er war hilflos wie ein Kind, und er konnte ihr gar nicht genug für die Hilfe danken.

Als sie in das Krankenhaus zurückkamen, schlief Caroline ganz fest, denn sie hatte eine Spritze zur Beruhigung bekommen.

Das war auch gut so, so blieb beiden die Aufregung des Abschiedes erspart.

Zwei Wochen lag sie nun schon im Krankenhaus und ihr Zustand verbesserte sich nicht im Geringsten.

Der Doktor machte den Vorschlag, seine Frau wieder nach Hause zu holen, vielleicht bekommt ihr die heimische Umgebung besser als im Krankenhaus.

Während der Zeit, wo Caroline im Krankenhaus lag, kümmerte sich Paola darum, daß das Haus der beiden alten Leutchen gründlich vorgerichtet wurde.

Andrè veranlaßte, daß ein Reinigungsteam das Haus renovierte. Die Wände hatte schon lange keinen neuen Farbanstrich gesehen. Kleinere Arbeiten, wie Fenster, Gardinen und Fußboden, übernahm Paola selbst.

Michel stand hilflos daneben und sagte nur: „Wie soll ich das alles wieder gutmachen?" Er kannte sein Haus bald nicht wieder.

Nun konnte er seine Caro nach Hause holen lassen. Paola fuhr mit Michel in das Krankenhaus. Der Doktor hatte mit ihnen noch allerhand zu besprechen.

„Bitte achten Sie darauf, daß Ihre Frau regelmäßig ihre Medikamente bekommt, am besten Sie bereiten sie selbst zum Einnehmen vor, damit sie nicht zu viel oder zu wenig einnimmt. Haben Sie jemanden der ihnen die tägliche Hausarbeit abnimmt, denn dazu ist Ihre Frau nicht mehr in der Lage. Sie können auch eine Schwester täglich kommen lassen."

„Vorläufig kann ich das selbst erledigen", meinte Michel.

„Wenn irgend etwas ist, können Sie zu jeder Zeit anrufen, ich komme zu einem Hausbesuch, also dann alles Gute."

Eine Schwester fuhr Caroline in einem Rollstuhl bis zum Auto und half der Frau noch in das Auto zu steigen. Caroline nickte nur dankbar und ab ging die Fahrt nach Hause.

Dem Michel war klar, was die schnelle Entlassung bedeutete und was auf ihn zukam.

Caroline war so teilnahmslos, daß sie nicht einmal die Renovierung ihrer Wohnung wahrnahm.

Paola half noch mit, sie auszuziehen und ins Bett zu bringen. „Aber jetzt muß ich erst einmal gehen, ich komme morgen wieder."

„Danke, für alles liebe Frau Paola!"

Mit gemischten Gefühlen verließ sie das kleine Haus, denn ihr war klar, daß er die Arbeit mit seiner Frau nicht allein schaffen würde. Jeden Tag konnte sie ja auch nicht gehen.

Also fuhr sie auf dem Heimweg zur Gemeindeschwester und bat sie, sich um die alten Leute zu kümmern, was sie auch tat.

Eines Morgens, es war kurz vor Ostern, wurde Michel von einem Gemecker der Ziegen geweckt. Oh, er hatte es tatsächlich verschlafen, denn auch Caroline schlief noch fest, sie hatte noch nicht nach ihm gerufen. Flüchtig zog er sich an und lief in den Stall.

„Na, alte Hanne, wirst wohl nicht gleich verhungern, wenn es mal ein bißchen später wird", und strich ihr liebevoll über die Hörner.

„So, nun aber Ruhe, hier habt ihr euer frisches Grün."

Die Kaninchen sprangen auch wild in ihren Boxen umher, daß er sie ja nicht vergessen möge.

Beruhigt ging er wieder ins Haus und stellte fest, daß Caro immer noch schlief.

„He, Caro, aufwachen, es ist Zeit für deine Medizin!" Da sie die Augen absolut nicht aufmachen wollte, packte er sie am Arm, um wach zu rütteln. Wie mit einem eisernen Schwert durchfuhr es seinen Körper, denn der Arm war kalt und starr.

Er schrie immer wieder: „Caro, Caro! Nein, das kann nicht sein. Du kannst doch nicht so einfach gehen."

Dann fiel er auf ihr Bett und schluchzte laut.

Eine Stunde muß er wohl gelegen haben bis die Schwester kam.

„Um Gottes Willen! Was ist passiert?" Als er sich langsam aufrichtete sah sie, daß Frau Caroline nicht mehr atmete.

„Es ist vollbracht." Weiter konnte sie auch nichts sagen, denn das kam auch für sie plötzlich.

„Ich werde gleich den Arzt verständigen, alles Weitere wird er veranlassen. Der Doktor konnte auch nur noch den Tod feststellen und drückte dem Ehemann stumm die Hand.

Michel wich nicht von Caros Seite. Die Schwester hatte sie mit einem Laken zugedeckt. Nach dem die Leichenfrau ihre Arbeit getan hatte kam auch schon ein Pferdegespann um den Sarg abzuholen. Michel klammerte sich an dem Wagen fest und murmelte immer wieder: „Caro, nimm mich mit, laß mich hier nicht allein."

Inzwischen hatten die Dorfbewohner erfahren, was geschehen war und schlossen sich dem Leichenwagen an.

Als die Tür der Halle geschlossen wurde, wollte Michel nicht nach Hause. Aber die Nachbarn hakten ihn unter und nahmen ihn mit zu sich, denn sie hatten Sorgen, er könnte Dummheiten machen. Auch bis zum Schlößchen war die traurige Nachricht gedrungen, das Michels Frau in der Nacht eingeschlafen war. Sie konnten verstehen, was er jetzt durchmachte. Deshalb machte Andrè den Vorschlag, den Michel heraufzuholen. Er könnte doch vorrübergehend in dem unteren Turmzimmer wohnen, bis er sich wieder gefangen hat.

Paola machte sich auf zu Michels Haus, dort konnte sie ihn aber nicht finden. Ein Nachbarskind sagte ihr: „Wenn sie zu Michel wollen, er ist hier nebenan."

„Danke, mein Kind". Sie klopfte an die Nachbarstür.

„Bitte, kommen Sie herein."

Als er Paola sah, fing er wieder an laut zu weinen.

Sie nahm ihn in die Arme und versuchte ihn zu trösten. „Kommen Sie mit zu uns, Sie können so lange bleiben, wie Sie möchten."

„Danke für Ihr Mitgefühl, aber ich gehe keinen Schritt irgendwo hin. Ich will in mein Haus zurück, zu meiner Caro."

„Na gut, ich bringe Sie rüber, vielleicht kann ich noch etwas für Sie tun. Haben Sie zu essen im Haus?"

„Ja, ja, es ist genug da, danke noch mal." Sie hatte das Gefühl, er konnte sie gar nicht schnell genug los werden, was hatte er vor?

Als Paola weg war, fing er an Papiere zu suchen, die er sorgfältig in einen Umschlag steckte. Mit zitternden Händen öffnete er die Geldkassette. Darin befand sich ein schönes Sümmchen, was beide für einen Notfall oder für die Beerdigung gespart hatten. Diesen Geldbeutel legte er zum Umschlag. Dann schrieb er einen Brief, was mehr ein Zettel war und legte diesen ebenfalls dazu. Nun stieg er auf den Dachboden. Vorsichtig mußte er durch eine Luke klettern, denn da oben hatte er vor vielen Jahren etwas versteckt. Doch er wußte genau, wo er das Schießeisen finden konnte. Diese fast verrostete Waffe, hatte er im 2. Weltkrieg einem deutschen Soldaten, den man erschossen hatte, abgenommen. Er dachte, daß man ein solches Ding vielleicht einmal gebrauchen könnte. Das hatte er sogar vor seiner Caro geheim gehalten, denn sie hätte sicher so etwas nicht in ihrem Haus geduldet. In ein Tuch eingewickelt, steckte er sich das Ding unter seine Joppe und stieg wieder hinunter.

Nun untersuchte er erst einmal, ob es überhaupt noch brauchbar war. Zwei Schuß waren noch drin. Der Abzugshahn ließ sich auch noch betätigen. Vorsichtig wickelte er die Pistole wieder ein und legte sie zu den anderen Sachen. So, daß hatte er erledigt.

Draußen war es bereits dunkel. Noch hatte er einen schweren Gang vor sich, aber an seinem Plan änderte er nichts.

Leise ging er in den Stall. Die Ziegen schliefen bereits. „Es tut mir ja leid, aber es geht nicht anderes." Schweren Herzens trug er beide hinaus, weit hinter das Haus. Zum Glück verhielten sie sich ganz still und merkten kaum, was mit ihnen passierte. Zu seinem Hund Bello sagte er: „Ganz still, du paßt mir schön auf die Ziegen auf, hast du verstanden?" Der Hund gehorchte seinem Herrchen. So, nun noch die Kaninchen aus den Boxen herauslassen.

Michel ging zurück in das Haus und machte Feuer in dem eisernen Herd. Viele Kohlen stapelte er übereinander. Das tat er ganz bewußt, denn es sollte ja auch nicht gleich lodern. Die Feuerungstür ließ er offen. Nun wurde es Zeit zu gehen. Er nahm seine Sachen und verließ leise, ohne einen Blick zurück, sein Haus.

Kein Mensch war weit und breit zu sehen, so gelangte er ungesehen zu seinem Boot. Alles ging sehr schnell. Er benutzte die Ruder, um nicht gehört zu werden. Erst, als er weit genug draußen war, machte er den Motor an. Da lachte ihn noch ein goldener Engel an, eine Flasche Rum, die er vor einiger Zeit im Boot versteckt hatte. „Komm her meine Schöne, dich kann ich jetzt gerade gebrauchen." Er nahm daraus einen kräftigen Schluck. Ab und zu schaute er in Richtung Land, aber es war nichts zu sehen. Immer weiter trieb das Boot hinaus und Michel hatte keinen klaren Kopf mehr, denn der Rum hatte seine nötige Wirkung getan.

Doch was war das? Plötzlich vernahm er einen hellen

Schein, der feuerrot und immer größer wurde. Es war soweit.

Die vielen Kohlen waren zum Brennen gekommen, und die Glut fiel zusammen und konnte ungehindert aus der offenen Feuertür auf den Holzfußboden den Brand auslösen. Schnell griff das Feuer um sich.

Für Michel war die Stunde gekommen. Volltrunken machte er noch den Motor aus und legte sich in sein Boot.

So, wie in seinem Kopf, so auch am Himmel, funkelten tausend Sterne und er murmelte noch: „He Caro, jetzt komme ich zu dir." Er nahm die Pistole und setzte sie direkt an die Schläfe und drückte ab. Ein Schuß fiel, den aber niemand hörte.

Im Dorf war inzwischen alles auf den Beinen, um zu helfen, den Brand zu löschen.

Nachbarn versuchten von hinten in das Haus zu gelangen, denn sie vermuteten, daß sich Michel noch darin befand. Sie schrien und riefen laut seinen Namen, aber eine Antwort blieb aus. Noch, bevor die Feuerwehr eintraf, war das kleine Haus fast niedergebrannt.

Die Ravèls, die das Feuer auch gesehen hatten, dachten es wären die Geräteschuppen der Fischer und Bauern.

Plötzlich schrie Paola: „Nein! Das ist Michels Haus!"

Sie und Andrè zogen sich schnell etwas über und eilten hinunter in das Dorf. Mit Entsetzten sahen sie, was Paola vermutete. Beide waren fassungslos, ebenso alle Bewohner des Dorfes.

Was war geschehen? War es ein Unglück, oder hatte er selbst Hand angelegt? Und wo ist er? Wollte er sich bewußt mit seinem Haus verbrennen? Tausend Fragen gingen durch die Menge.

Doch erst als das Feuer unter Kontrolle war, konnten die Männer versuchen, das Brandhaus zu betreten und sie begannen mit der Untersuchung. „Also, eine verkohlte Leiche gibt es nicht, sagte einer." Ein anderer rief: „Schaut euch das an, hier steht noch der eiserne Küchenherd und die Ofentür ist offen. Hat er nun vergessen die Tür zuzumachen, oder hat er sie absichtlich offen gelassen? Warum hat er überhaupt Feuer gemacht, es war doch nicht kalt?

Paola kam das alles komisch vor und sie erzählte, daß sie ihn nach Hause gebracht hatte. „Er wollte, daß ich ging und ihn allein lassen sollte."

„Also hat er doch die Tat vorgehabt", meinte Andrè.

Auf einmal kam ihm ein schauriger Gedanke und fragte: „Wer kennt des Michels Boot? Schaut doch mal nach, ob es da ist!"

Ein paar Fischer rannten zum Bootshafen und tatsächlich, es war nicht da. Daraufhin wurde die Wasserschutzpolizei alarmiert, die im Morgengrauen hinaus fuhr. Viele Menschen hatten sich am Hafen eingefunden und hofften, daß Michel lebend an Land gebracht wurde. Die Polizei sperrte die Anlegestelle ab und alle Kinder wurden aufgefordert, den Hafen zu verlassen. Das war kein gutes Ohmen.

Auf ein Zeichen des Beamten begannen plötzlich die Kirchenglocken zu läuten. Das Polizeiboot fuhr ein und hatte im Schlepptau Michels Boot. Deutlich war zu erkennen, daß ein weißes Tuch im Boot ausgebreitet war. Nun war es klar, Michel war tot. Erneut stimmten die Fischer den schaurigen Gesang an, der immer bei einem Unglück zu hören war.

Der Pfarrer kam und hielt für den Toten, der zugedeckt im Boot lag, ein Gebet. Ringsherum hörte man Schluchzen. Auch Andrè und Paola konnten die Tränen nicht verbergen.

Die Glocken verstummten und die Polizei forderte die Leute auf nach Hause zu gehen.

Ein Beamter kam auf Andrè zu und sagte: „Herr Dr. Ravèl und Frau Paola, kommen Sie, denn Sie sollen erfahren was geschehen ist. Sie waren doch mit dem Ehepaar befreundet und sollen Abschied nehmen können." Zögernd schritten sie an das Boot heran. Einer fragte: „Sind Sie bereit?"

„Nun wir sind auf alles gefaßt." Die Polizei nahm das Tuch hoch. Ihre Herzen zogen sich bei dem Anblick zusammen. Da lag er nun, ihr alter Freund, das Gesicht blutüberströmt. Die Pistole lag noch dich an seinem Kopf. Daneben die leere Flasche Rum. In der anderen Hand hielt er verkrampft einen Zettel.

„Ich werde Ihnen diesen vorlesen, wenn Sie möchten?"
„Ja, natürlich." Mit undeutlicher Schrift hatte Michel diese Zeilen geschrieben.

„Verzeiht mir was ich getan habe. Ich konnte nicht anders. In meiner Jacke steckt ein Beutel mit etwas Geld, damit soll die Beerdigung meiner Caroline bezahlt werden. Was übrig ist, soll dem Kindergarten des Ortes zugute kommen.

Wenn der Pfarrer mich als Mörder behandelt und mich nicht neben meiner Caro bestatten will, dann bringt mich hinaus aufs Meer. Vielleicht findet meine arme Seele, bei der Seele von Alice Ravèl, den ewigen Frieden."

Das war für Andrè zu viel. Er wendete sich ab. Tief erschüttert ging er mit Paola nach Hause. Sein erster Weg führt ihn in sein Atelier, wo er den restlichen Tag auch blieb. Er glaubte, darüber hinweg zu sein, aber diese Zeilen wühlten alles wieder auf.

Ein kleines Mädchen kam aufgeregt zu ihrer Mutter gerannt und sagte: Mama, Mama, ich habe den Osterhasen gesehen. Er sitzt hinter dem Holzstoß im Garten."

„Ach, wer weiß was du gesehen hast?"
„Doch Mama, komm mit hinaus." Sie ließ sich dann doch überreden und ging mit.

„Ach du mein Gott! Das sind ja gleich zwei." Sofort war ihr klar, das waren Michels Kaninchen, da hat er sie wenigstens freigelassen. „Bitte Mama, können wir sie behalten?"

„Ja, mein Kind, schau mal, ob da noch mehr herumlaufen."

„Wir werden sie einfangen und einen schönen Stall für

sie bauen." Die Kleine lief hinaus in den Garten. Doch sie machte noch eine ganz andere Entdeckung. Da standen doch tatsächlich zwei Ziegen auf der Wiese. Wieder rannte das Mädchen ins Haus. „Mama, was glaubst du was ich noch entdeckt habe? Komm mit!" Und sie nahm die Mutter an der Hand und führte sie auf die große Wiese. „Da schau, gehören die jetzt auch zu uns?"

„Ach du mein Gott, das sind ja auch Michels Ziegen. Die Hanne muß unbedingt gemolken werden. Ihr Euter ist ja zum Platzen voll." Die Nachbarin holte einen Eimer und molk das arme Tier, was es sich auch gefallen ließ. „So, jetzt lassen wir die Hanne und den Moritz, so heißen sie, auf der Wiese, und heute abend holen wir sie zu uns in den Stall." Nun hatten sie noch alle Mühe, die Kaninchen zu fangen, was gar nicht so einfach war.

„So, ich glaube jetzt haben wir sie alle. Vier oder fünf Stück hatte Michel."

„Mama, warum hat er denn das Haus angebrannt?"

„Ach mein Kind, ich weiß es auch nicht, sicher hatte er Sorgen, nun wo seine Frau gestorben war, wollte er auch nicht mehr allein leben. Aber mach dir darüber keine Gedanken, freu dich, daß wir seine Tiere gerettet haben." Damit gab sich das Kind zufrieden.

Am dritten Tag wurde dann Michel neben seiner Caroline beerdigt. Viele Leute gaben den beiden das letzte Geleit. Dr. Andrè Ravèl ließ ein wertvolles Holzkreuz anfertigen, worauf geschrieben stand: „In Liebe – bis in den Tod." *Michel und Caroline.*

9. Kapitel

Wie angekündigt, kam Maria mit dem Doktor zu den Osterfeiertagen nach Hause. Für Louise war es das Schönste, wenn sie ihre Familie wieder einmal um sich hatte. Ihr fehlte Maria sehr.

Der Doktor konnte es nicht erwarten, das Haus zu besichtigen, was er eventuell kaufen wollte. So planten sie zusammen einen Spaziergang. Chak rief bei Andrè an, ob sie nicht Lust hätten, mitzugehen. „Moment, ich muß mal Claire fragen." Sie freute sich riesig, bei diesem schönen Wetter endlich einmal gemeinsam spazieren zu gehen.

„Also, dann in einer Stunde, eher wird es nicht, denn der Kleine müßte erst seine Flasche bekommen. Treffpunkt, an der Zufahrtsstraße."

„Ist in Ordnung, bis dann!"

Pünktlich trafen sie an der vereinbarten Stelle ein.

Ach, war das eine Begrüßung. Dem kleinen Jean war fast zum Weinen, denn so viele Leute auf einmal war er nicht gewöhnt. Maria war ganz entzückt und konnte es nicht verkneifen zu sagen: „Das ist ja Andrè noch einmal", was dem Papa ganz stolz machte. „Laß mich bitte den Wagen fahren", und Claire hatte nichts dagegen.

„Schau, schau, das steht dir aber gut", neckte Chak, was Maria etwas verlegen machte.

Mit lustigem Geplauder waren sie schon am besagtem Objekt angekommen. Hinein konnten sie allerdings nicht, aber es genügte fürs erste schon, das Anwesen von außen in Augenschein zu nehmen. Des Doktors Worte waren: „Ich hatte es mir viel größer vorgestellt, aber sonst scheint es nicht schlecht zu sein. Als Praxis ist es bestimmt gut geeignet, aber darin auch noch zu wohnen? Na, das muß ich erst von innen gesehen haben, um zu urteilen."

Chak erklärte, daß er für Dienstag einen Termin vereinbart hatte. „Das ist gut, denn am Samstag müssen wir wieder zurück."

„Ach was? Schon? Ich dachte, ihr bleibt etwas länger?"
„Das geht leider nicht, ich habe keine Vertretung, aber im Sommer bleiben wir länger, nicht wahr Maria?"
„Ja, auf jeden Fall", und sie gab ihrer Leihmutter einen Kuß auf die Wange.
„Was die Größe des Hauses betrifft, ist mir da ein ganz anderer Gedanke gekommen."
„Na sag schon", forderte Maria auf.
„Eigentlich wollte ich damit warten, bis ihr das Haus richtig besichtigt habt, aber gut, ihr sollt es wissen. Ich frage mich oft, warum wollt ihr nicht in deinem Haus wohnen", sagte Louise. „Natürlich würde ich dann keine Feriengäste mehr nehmen. Ich werde doch auch immer älter und eines Tages, wenn ich nicht mehr bin, was soll denn aus deinem Besitz werden? Die Praxis kann doch ruhig woanders sein, der Weg dahin ist doch nur ein Katzensprung. Aber schaut nur erst einmal, ob es überhaupt in Frage kommt." Daran hatte tatsächlich noch keiner gedacht und Maria fand den Vorschlag gar nicht so abwegig.
„Nun werden wir uns gleich das Neubaugebiet einmal ansehen", sagte Claire. „Da hätten sie bestimmt viele Patienten, die jetzt alle in die Stadt müßten, es wäre eine große Erleichterung. Bei uns gibt es auch viele ältere Menschen und jeder hat nicht die Gelegenheit in die Stadt gefahren zu werden und ein Taxi kann sich nicht jeder leisten.

Auf dem Heimweg machte Andrè den Vorschlag, den Abend gemeinsam auf seinem Anwesen ausklingen zu lassen.
„Das ist eine phantastische Idee, so einen schönen Feiertag sollte man nicht mit einem ‚Adieu' am Straßenrand beenden."
„Was sagt ihr dazu?" und sah den Doktor, Maria und Louise dabei fragend an.
„Ja gern, wenn es Claire nicht zu viel wird", fügte Maria hinzu.

„Nein, nein, ich freue mich wieder einmal Besuch im Hause zu haben."

Paola begrüßte die Gäste, und Maria nahm sie gleich in die Arme.

„Schön, daß ihr alle mit heraufgekommen seit." Sich an Claire wendend, fragte sie: „Soll ich Abendbrot für alle richten?"

„Ja, ich denke schon, daß sie gern bleiben."

Sie nahmen vorerst auf der Terrasse Platz. Andrè holte gleich eine Flasche von Chaks Lieblingswein aus dem Keller.

„Laßt uns anstoßen auf den schönen Osterfeiertag und alles was wir lieben!" Das waren Andrès Worte.

Noch vor dem Abendessen fragte Andrè den Doktor: „Darf ich Ihnen mein Haus zeigen?"

„Oh ja, ich wagte nicht danach zu fragen. Besonders würde mich Ihr Atelier interessieren, Maria hat mir viel erzählt, was Sie für Schätze darin verbergen."

Maria schloß sich dem Rundgang an. Nur flüchtig schaute der Doktor in die einzelnen Zimmer. Ihm war es ein wenig peinlich, in das Allerheiligste, das Schlafzimmer zu schauen.

Andrè machte auf die Stufen zum Atelier aufmerksam. Gespannt trat der Doktor ein. Eine Fülle von Licht, der untergehenden Sonne, flutete durch die großen Fenster. „Es ist ja phantastisch! Was für ein Rundblick und hier das Meer! Jetzt kann ich immer mehr verstehen, daß das Meer die Menschen hier festhält."

Maria faßte Leon am Arm und sagte: „Siehst du, hier hab ich mit Andrè gesessen und gemalt. Ich glaube, er hat sogar noch einige Bilder von mir da."

„Ja Maria, da in diesem Karton." Erst drehte sich der Doktor in die Richtung, wo das Gemälde von Alice stand.

„Nein, das gibt es nicht, das Bild lebt ja! Ist das eine schöne Frau!"

Er konnte seinen Blick gar nicht von dem Bild abwenden.

Erst als Andrè sagte: „So, nun werde ich Ihnen noch ein Gemälde zeigen, was ich ganz selten tue. Aber auch das wird Maria Ihnen schon erzählt haben. Kommen Sie hierher", und er zog das Leinentuch herunter. Vor ihm stand eine Frau von seltener Schönheit, wie eine Fee aus „Tausend-und-einer-Nacht." Es gab zwischen den beiden Frauen nichts, daß man hätte sagen können, die eine wäre schöner als die andere. Beide waren jede auf ihre Art schön.

„Und das ist also Ihre Frau Mutter? Maria, komm stell dich mal daneben. Je länger ich in das Gesicht schaue, umso mehr Ähnlichkeit entdecke ich mit dir und ihr." Andrè nickte nur und schnell verhüllte er das Bild wieder.

Wortlos schritten sie die Stufen hinunter.

Paola hatte inzwischen ein Abendbrot gezaubert, was ihr großes Lob einbrachte.

Es war spät geworden. Der Wein hatte die Stimmung steigen lassen und keiner dachte ans Nachhausegehen.

Andrè übernahm das Wort und verkündete: „Ich glaube, es ist angebracht, natürlich, wenn es Herrn Doktor recht ist, stoßen wir mit ihm auf ‚du und du' an."

„Aber gern! Ich bin Leon."

Jeder hatte das Gefühl, lange nicht so einen fröhlichen Abend erlebt zu haben.

Lachend verabschiedete man sich voneinander und Louise und Chak sowie Maria und Leon traten den Heimweg an.

Pünktlich, um 10 Uhr traf sich der Doktor, Maria und Chak zu der Hausbesichtigung. Der Bürgermeister und zwei Herren von der Stadt waren schon vor Ort. Nach einer kurzen Begrüßung betraten sie das Haus.

„Sie wollen also das Anwesen kaufen und eine Arztpraxis daraus machen?" fragte einer der Herren.

„Ja, ich denke schon, daß es meinen Vorstellungen entspricht. Aber erst müssen wir alles genau ansehen und den Grundriß von jedem Zimmer haben."

„Nehmen sie sich nur Zeit, und dann bekommen sie natürlich den gesamten Bauplan mit, so daß sie in Ruhe entscheiden können. Es wäre für uns eine große Bereicherung, hier einen seßhaften Arzt zu haben."

Doktor Camus stellte fest, daß gar nicht so viele Umbauten nötig würden. Maria bemerkte aber: „Nach meiner Einschätzung ist hier oben für eine Wohnung zu wenig Platz, und die Zimmer sind zu klein."

„Das soll nicht das Problem sein, denn man kann auch Wände herausnehmen", gab der Bürgermeister zu verstehen.

„Nun gut, wir haben alles gesehen. Die Bausubstanz ist noch in gutem Zustand. Wäre es Ihrerseits möglich, daß wir bis Donnerstag alle Unterlagen erhalten mit allen Kosten?"

„Ja, sie können noch heute im Gemeindeamt alle Unterlagen in Empfang nehmen."

Die Herren von der Stadt verabschiedeten sich mit den Worten: „Wir würden uns freuen, sie bald als Arzt bei uns begrüßen zu können."

Anschließend fuhren sie gleich zum Bürgermeister, um die Papiere in Empfang zu nehmen. Neugierig waren sie schon, wie hoch der Kaufpreis sein würde, denn davon hing letzten Endes alles ab.

Zu Hause machten sie sich gemeinsam über die Pläne her. Leon hielt das wichtigste Dokument in den Händen. Ungläubig schaute er immer wieder auf den Kaufpreis.

„Seht her, das kann doch gar nicht sein, das wäre ja fast geschenkt, wo ist der Haken?"

„Ruf doch gleich den Bürgermeister noch mal an, damit nicht am Ende die Enttäuschung kommt."

„Ja das werde ich tun", und ging zum Telefon.

„Hier ist der Doktor Leon Camus, ich möchte bitte den Bürgermeister sprechen." Eine freundliche Stimme sagte: „Einen Moment bitte, ich verbinde."

„Bürgermeister? Hier ist Doktor Leon Camus, sagen Sie,

wie kommt es, daß das Haus so preisgünstig ist? Oder haben wir da etwas übersehen?"

„Herr Doktor, das ist ganz einfach zu erklären. Da es keine Erben gibt und die Stadt froh ist, daß es keine Ruine wird, hat man sich zu diesem Preis entschlossen. Außerdem, Leute von hier wollten es nicht kaufen, denn sie wollen alle in einen Neubau ziehen. Ich glaube, sie haben noch genügend zu investieren."

„Dann danke ich erst mal für die positive Auskunft."

Was gab es da noch zu überlegen?

Noch vor der Abreise wurde der Kaufvertrag unterschrieben und die Schlüsselübergabe konnte erfolgen. Der neue Besitzer hieß: Doktor Leon Camus. Ungern fuhren Leon und Maria wieder zurück. Er setzte volles Vertrauen in Chak von Daalen. Er bekam von Leon den Auftrag, die ersten baulichen Veränderungen voll in seine Regie zu nehmen. Er war von nun an stolz, den Bauherren spielen zu können. Jeden Tag mußte er pünktlich im Haus vor Ort sein, wenn die Handwerker kamen.

Louise war ganz froh darüber, daß Chak eine richtige Aufgabe hatte, so konnte sie ihre Arbeit in Ruhe erledigen und er hing ihr nicht dauernd am Rockzipfel.

Ab und an mußte sie kommen und schauen, ob alles richtig gemacht wird.

Es war nun beschlossene Sache, daß Leon und Maria in ihrem Haus wohnen werden.

Zu Pfingsten kamen die beiden wieder und waren gespannt, was sich in ihrem Haus schon getan hatte. Sie waren erstaunt, wie unter Chaks Leitung die Arbeiten zügig voran gingen.

Das Dach war fix und fertig neu gedeckt, neue Fenster waren eingesetzt. Gerde waren die Installateure dabei, eine neue Heizung einzubauen.

„Na, wenn das wo weiter geht, kann ja im Herbst alles

fertig sein," bemerkte Leon. Er nahm Maria in den Arm und sagte: „Mein Liebling, da könnten wir zu Weihnachten heiraten und im neuen Jahr unsere Praxis eröffnen, was meinst du dazu?"

Maria lächelte ihn dankbar an, aber gab zu bedenken, daß er alles zu sehr überstürzte. „Es gibt doch noch so viel Arbeit, dann kommt ja auch noch der Umzug und die ganze Einrichtung dazu." Auch Louise sah das alles sehr übereilt. Aber die Männer waren voller Zuversicht.

Inzwischen machten sich Louise und Maria Gedanken, welche Räume sie dann im Haus bewohnen wollen. Maria fragte sie: „Tut es dir auch nicht leid, deinen Feriengästen für das nächste Jahr absagen zu müssen?" „Nein, auf keinen Fall, ich bin glücklich, daß du wieder in meiner Nähe bist. Ein Zimmer für die Gäste können wir doch behalten. Ich glaube, da habt ihr noch genügend Platz. Mal sehen, was Leon dazu sagt." Er war voll der Meinung der holden Weiblichkeit.

Die Bauarbeiten waren wohl im Spätherbst abgeschlossen, aber am schwierigsten war dann doch der ganze Umzug und die Einrichtung.

Ende November schloß Doktor Leon Camus seine Praxis. Leons Hausdame war sehr traurig über seinen Wegzug. Gern hätte er sie auch mitgenommen, aber sie meinte, sie wäre zu alt und würde in ein gutes Heim gehen.

Es galt nun die ganzen Behandlungsgeräte und Instrumente fachlich für den Transport zu verpacken. Das war keine leichte Aufgabe, aber die Experten hatten das alles im Griff.

Im Hause Sartrè – v. Daalen wurden inzwischen alle Vorbereitungen getroffen, damit Leon und Maria einziehen konnten, denn die Möbel trafen noch vor Weihnachten ein.

Die Hochzeit sollte direkt am Heilig Abend sein.

Der Dorfpfarrer war stolz, an so einem denkwürdigen Tag, den Doktor und Maria zu trauen. Leon ließ zu seiner Hochzeit seine alte, liebe Hausdame und seinen guten Freund mit Frau holen.

Louise und Chak fühlten sich als Brauteltern und standen an erster Stelle.

Paola hatte wie üblich für die Blumenkinder gesorgt, was für das Ehepaar eine Überraschung war.

Die Kirche war voll von Schaulustigen. Maria hatte mächtiges Herzklopfen, als der Pfarrer wieder diese bestimmten Worte sprach: „Reichen Sie sich die rechte Hand, wollen Sie ... " Sie mußte daran denken, wie sie mit Andrè vor dem Altar stand und ... Der gleiche Gedanke ging auch Andrè durch den Kopf.

Aber heute war alles anders und alles gut und alle atmeten auf, als das „Ja" von beiden gesprochen war.

Als die Glocken zum Ausgang läuteten, empfing das Brautpaar und ihre Gäste eine jubelnde Menschenmenge. Erste Gratulanten waren der Bürgermeister und der Stadtrat, der Blumen und Geschenke überreichte.

Die anschließende Feier fand in einem Nobelhotel in der Stadt statt. Natürlich waren die Ravèls und Paola ihre Gäste.

Die Jungvermählten bedankten sich und Leon bat die Herren mit zum Essen zu fahren. „Wenigstens für eine Stunde. Wir haben ja Verständnis, es ist Heilig Abend und sie wollen schnell zu ihren Familien."

Das Hochzeitsmahl dauerte bis in die Nachmittagsstunden, dann wollte jeder nach Hause, was auch verständlich war.

Paola brachte die Blumenkinder nach Hause und sie bekamen noch ein Weihnachtsgeschenk.

Die Ravèls begingen mit Paola den Heilig Abend ganz besinnlich.

Im Gegensatz zum Hause Camus – Sartrè – von Daalen, wo noch bis Mitternacht gefeiert wurde, denn es war ja auch Hochzeit.

Für Flitterwochen war jetzt keine Zeit, die sollten im Sommer nachgeholt werden. Bis Anfang Januar blieb Leons Freund mit seiner Frau und Frau Rosa noch als Gast. Aber dann drängten auch sie wieder nach Hause zu wollen. Sie hätten noch viel zu tun um ihre Wohnung aufzulösen. Am 1. März wollte sie entgültig in dem Heim einziehen.

Obwohl der Doktor ihr angeboten hat, bei ihnen wohnen zu können, gab es für sie kein Zurück. Es war ein Abschied mit Tränen.

Frau Rosa fuhr mit dem Ehepaar zurück.

In der Arztvilla wurde tüchtig gearbeitet, denn auch dort sollte am 1. März die Eröffnung und am 2. März die erste Sprechstunden stattfinden. Das es demnächst einen Doktor in der Gemeinde geben würde, hatte sich schnell herumgesprochen.

Eine gelernte Krankenschwester, die zur Zeit in der Stadt tätig war, nutzte die Stunde und sprach bei dem Doktor vor. Für Leon war klar, daß er Personal brauchte. Nach Prüfung ihrer Unterlagen, sagte er ihr zu. Eine Sprechstundenhilfe für die Anmeldung hatte ihm der Bürgermeister schon empfohlen. Maria sollte ihm zur Hand gehen und mit im Sprechzimmer sitzen.

Am 1. März war es soweit.

Zur Eröffnung der Praxis war alles für einen Empfang im Warteraum vorbereitet. Getränke aller Art standen bereit und Louise und Paola hatten ein Büfett hergerichtet, was sich sehen lassen konnte.

Der Doktor, Maria und die zwei Schwestern in ihren schneeweißen Kitteln standen an der Eingangstür zum Empfang bereit. Es war nicht zu leugnen, jeder hatte mächtiges Herzklopfen. Aber das verging schnell, als die ersten Autos vorfuhren. Eine ganze Abordnung aus der Stadt war gekommen. Der Bürgermeister, ja sogar der Pfarrer hatten es sich nicht nehmen lassen, an diesem denkwürdigen Tag dabei zu sein.

Louise und Paola hatten zu tun, die Blumen abzunehmen

und den Warteraum und den Eingangsbereich damit zu schmücken.

Der Stadtrat hielt eine Ansprache und würdigte den Mut des Doktors, sich hier niederzulassen Er wünschte ihm und seiner Frau sowie dem Personal viel Glück und Erfolg.

Ein herzliches Händeschütteln machte die Runde, denn man konnte es nicht glauben, was aus diesem Haus entstanden war.

Dann übernahm der Doktor das Wort und bedankte sich für all die guten Wünsche. Er forderte alle auf, das Glas zu erheben und sagte: „Trinken Sie mit uns auf das Wohl aller – Prosit! Und nun langen sie ordentlich am Büfett zu.

Anschließend erfolgte eine Besichtigung des ganzen Hauses, vor allem der Praxisräume.

Großes Lob und Anerkennung machte die Runde. Alle waren erstaunt, was aus dem Haus geworden ist.

Die Innenausstattung konnte mit jedem Neubau mithalten. Nun konnte am nächsten Tag die erste Sprechstunde beginnen.

Wieder war Herzklopfen angesagt und man fragte sich, ob auch erste Patienten kommen werden.

Aber da war bei manchen Leuten schon die Neugierde auf den neuen Doktor. Einige ließen sich ein Wehwehchen einfallen, was dem Doktor nicht entging.

Es sprach sich aber schnell herum, daß die Gemeinde einen guten Doktor bekommen hatte und so fehlte es nicht an Patienten. Schon nach kurzer Zeit mußte Personal eingestellt werden. Ein Hausmeister, eine Reinigungskraft und eine dritte Schwester wurden dringend gebraucht.

Schon in der ersten Woche klingelte das Telefon. „Praxis Dr. Camus, Schwester Mylene?"

„Ja, und hier ist Claire Ravèl, kann ich bitte den Herrn Doktor sprechen?"

„Einen Moment bitte, ich verbinde Sie."

„Dr. Camus"

„Leon, hier ist Claire, ich weiß mir keinen Rat mehr. Unser Sohn hat hohes Fieber, was soll ich tun?"
„Ich komme sofort, die Sprechstunde ist gleich zu Ende."
„Ich danke dir, bis dann."
Als Maria das hörte, sagte sie: „Fahre los, ich mache das hier zu Ende." Leon machte sich fertig, das Auto stand vor der Tür.
Als er bei den Ravèls ankam, fand er den Kleinen glühend heiß in seinem Bettchen vor. Andrè war ganz verzweifelt und fragte: „Es wird doch nichts schlimmes sein?"
Leon vermutete, er könnte schon zahnen und verabreichte ihm ein Fieberzäpfchen. Nun beruhigte er die besorgten Eltern. Es war auch so, denn als er den Kiefer abtastete, fühlte er kleine Schwellungen.
„Na, wie ich euch gesagt habe, er geht mit den Zähnen um. Macht euch keine Sorgen, er wird jetzt schlafen. Ich muß wieder los, Maria hat noch zwei Patienten, auf bald!" Und schon war er wieder weg.

Louise freute sich, wenn die beiden nach Hause kamen und sie konnten noch ein Stündchen zusammen im Garten sitzen.
Allerdings wurde auch im Sommer nichts mit der Hochzeitsreise, sie mußte bis zum Herbst verschoben werden, da eher keine Vertretung möglich war.
Im Oktober war es endlich soweit und sie konnten drei Wochen auf die Seychellen reisen.
Der ganze Streß vom vergangenen Jahr war schnell vergessen und sie erlebten eine traumhafte Zeit.
Für Leon wurde auch noch ein Traum wahr. Sein sehnlichster Wunsch ging in Erfüllung, er wurde Vater.
Maria brachte im folgenden Jahr eine süße Tochter zur Welt und Louise und Chak konnten sich nun noch als Großeltern fühlen.

Im Hause Ravèl waren alle glücklich und zufrieden.

Der kleine Jean entwickelte sich prächtig.

Andrè widmete sich wieder mehr der Malerei. Er hatte noch ein großes Bestreben, denn er wollte die „Frauen", die in seinem Leben eine große Rolle gespielt haben, und auch gegenwärtig noch sind, in Gemälden festhalten.

Der Anfang war ja schon getan. Seine Mutter in ihren Glanzjahren, Alice, seine große Liebe, die noch in seinem Herzen wohnte. Marias Porträt, welches nicht fertig war, sollte vollendet werden. Als Letztes wollte er Claire mit dem Kind malen.

Doch sie sträubte sich immer mit den Worten, sie wäre doch gegenwärtig. Aber Andrè wollte die Galerie für die Nachwelt vervollständigen.

Nach langen Bitten hatte er es dann doch geschafft, sie zu überreden, und sie ließ sich porträtieren.

Wenn Andrè einen Ausgleich brauchte, fand man ihn oben auf seiner Bank und er schaute versonnen hinaus, wo das Meer oft grollend seine Stärke zur Schau trug. Manchmal war es auch wie ein silberner Teppich und der Wind schien sanfte Grüße zu dem „Haus am Meer" zu wehen.